고통과
무지에서
벗어나는 길

고통과 무지에서 벗어나는 길

초판 1쇄 인쇄   2013년 11월 15일
초판 1쇄 발행   2013년 11월 20일

지은이   우 영 헌
펴낸이   손 형 국
펴낸곳   (주)북랩
출판등록   2004. 12. 1(제2012-000051호)
주소   153-786 서울시 금천구 가산디지털 1로 168,
              우림라이온스밸리 B동 B113, 114호
전화번호   (02)2026-5777
팩스   (02)2026-5747

ISBN   979-11-5585-079-4 03810(종이책)
           979-11-5585-080-0 05810(전자책)

이 도서의 국립중앙도서관 출판시도서목록(CIP)은 서지정보유통지원시스템 홈페이지(http://seoji.ni.go.kr)와
국가자료공동목록시스템(http://www.ni.go.kr/kolisnet)에서 이용하실 수 있습니다.
(CIP제어번호 : 2013023580)

고통과 무지에서
벗어나는 길

범은 우 영 헌

book Lab

오늘 너무 너무 힘들다면

내일은 밝은 날이 기다리고 있다는 것을 잊지 말아라.

이 세상에 누구 한 명도 복 없이 태어난 사람은 없고,

그리고 누구 한 명도 두 개의 복을 동시에 가지고 태어난 사람도 없다.

차 례

부유하지 않고
행복하지 않는 이유

지금 내가 부유하지 않고 행복하지 않는 이유는 뭘까?

결론부터 이야기하자면 아직 내 마음속에 긍정보다는 부정이 강하고 또 비우는 마음보다는 욕심이 남아 있기 때문이다. 내가 놓을 수 없기 때문이다. 내가 나의 속까지 전부 놓을 수 있을 때 내가 부유하고 행복한 삶을 시작할 수 있다.

사람은 태어나서 죽는 그날까지 많은 번뇌와 아픔 속에서 살아가고 있다. 이 번뇌와 아픔은 어디에서 찾아온다고 생각하고 있나? 번뇌하고 내 스스로 아파야 하는 이 고통은 나의 욕심과 내가 놓지 못하는 것 때문에 찾아오는 손님이다.

이것들은 우리가 살아가는 한평생 동안 계속해서 연속적으로 일어나는 일들이다. 하지만 이것들도 내 인생 속에서 물 흐르듯 흘러가고 있다. 나한테 찾아오는 번뇌와 고통은 내가 놓을 수 있을 때 없어지는 것은 분명한 사실이다.

나의 모든 깃은 물이 흐르듯 놓아두이라. 물이 흐르는 길이 곧 순리이다.

물은 높은 곳에서 낮은 곳으로 흐르고 물은 자신이 흘러가야 할 길을 따라 흘러간다. 바른 길은 바른 대로 흘러가며 굽은 길은 굽은 대로 흘러간다. 가다가 웅덩이가 있으면 다 채워주고 흘러갈 것이며, 물이 흘러가는 길을 막는 장애물이 생기면 물은 그 장애물을 피해서 돌아간다. 또는 멈추어 서서 한참을 기다려 동료들과 힘을 합쳐서 그 장애물을 밀어버리고 거침없이 지나간다.

물은 반드시 자연의 순리대로 흘러간다. 순리를 벗어나서 인위적으로 만드는 모든 일은 힘도 들 뿐더러 반드시 탈이 난다. 그리고 시간이 지나고 나면 또 다시 반드시 순리대로 돌아가려는 작용을 한다.

순順이 뜻하는 것은 냇물川이 흐르는 것처럼 움직이는 머리頁이다. 즉 순리를 벗어나서 마음이 인위적으로 만드는 모든 일은 힘들다. 순리대로 사는 것이 무엇인지를 아는 것이 곧 나의 행복이고 내가 부유하고 행복한 삶을 살 수 있는 조건이다.

우리 인생도 이렇게 물 흐르듯 흘러가고 있으니 어떤 번뇌와 아픔에도 아파하지 말고 물 흐르듯 대하라. 그리고 흘러 가버린 지난 과거와 어제를 잡으려고 하지 마라. 흘러 가버린 강물을 잡을 수 없듯이 잡히지도 않을뿐더러 나만 괴로울 뿐이다. 과거와 어제에 대한 미련은 조금도 갖지 마라. 빨리 잊으면 빨리 잊을수록 행복해질것이다.

지금 내가 가지고 있는 아픔이나 또는 행복도 영원하리라고는 생각하지 마라. 지금 이 순간에도 우주 속에 모든 에너지(기운)는 흐르고 있다. 그 속에서 나의 아픔도 행복도 같이 흐르면서 변하고 있다. 어떠한 아픔도 괴로움도 영원하지 않으며 어떠한 행복도 즐거움도 영원하지 않다.

모든 것이 물 흐르듯 흐르고 있고 앞으로 변해가고 있다는 것을 잊지 마라. 그리고 우리는 이 아픔의 원인이 무엇인지를 모르면 이 아픔에서 벗어날 수가 없다. 이 아픔의 원인이 무엇이며 어디서부터 왔는지 알아야 한다.

지금 이 글을 쓰고 있는 저나 이 글을 읽고 있는 여러분들이나 지금 우리들이 물질적 세계인 이승에 살면서 짓고 있는 악업에 대해서는 우리들의 육체가 죽고 나면 육체를 벗어난 영혼이 고스란히 가지고 영적 세계인 저승으로 돌아간다. 그 악업의 대가는 저승에서 고스란히 받게 된다.

또 우리들의 영혼이 저승에서 대가를 받는 깃으로 끝나는 것이 아니고, 그것으로 인하여 순환의 법칙에 따라서 이승에 남겨진 자손들에게까지 그 영향을 미치게 된다.

이 악업 역시 어디에서 만들어지게 되겠는가? 순리에서 벗어나는 욕심과 집착이 만드는 인위적 삶 속에서 내가 놓지 않으려는 그것에서 만들어진다. 내가 욕심을 갖는다는 것은 그리고 내가 나의 욕심을 채운다는 것은 바로 상대방에게는 아픔을 주는 일들이다.

상대방에게 아픔을 주는 이런 나의 악업은 돌고 돌아서 결국 나에게 온다. 아픔과 힘듦의 원인이 무엇 때문인지를 정확히 알게 될 때 우리는 부유하고 행복한 삶을 살 수 있다.

우리의 육체와 뇌가 지배하는 이승에서 첫째, 순리대로 살아야 할 이유와 둘째, 조건 없는 사랑을 베풀며 살아야 할 이유와 셋째, 선하게 살아야 할 이유가 여기에 있다.

명심하시길 바란다.

지금 내가 부유하지 않다고 생각하고 행복하지 않다고 생각하는 것은 과거의 내 잘못과 그리고 지금 내 머릿속 내 마음속에 자리 잡고 있는 내가 만든 것이다.

자연에서 진리를 찾아라.
최고의 평범이 바로 진리이다

자연은 우리에게 진리를 알려주는 최고의 스승이다.

우리는 자연 속에서 지혜를 배우고 자연과 더불어 살아가야 하는데 물질적 세계 속에서 살아가는 우리는 학교라는 곳에서 지식만 배우고 살아가고 있다. 또 학생이라는 신분의 일정 기간 동안에는 그 점수의 높고 낮음에 따라서 인격의 높낮이도 결정되는 불행하기 짝이 없는 한 시절도 보낸다.

현실의 학교 교육은 영어, 수학, 과학, 음악, 미술 등에 관한 지식을 알려주고 공부시켜 지적인 인간들은 잘 만들어 내고 있다. 그러나 사람이 살아가는 데 정말 필요한 지혜는 전혀 알려주지도 공부시키지도 않는다는 것이 물질적 세계인 이 현실 세계에서 인간 교육의 최고의 단점이고 잘못된 점이다.

옛날의 어머니들과 지금의 어머니들에게는 공통점이 하나 있다. 자식이 많은 글공부를 하여 훌륭한 사람이 되기를 갈망하고 있다는 점이다. 다른 점이 있다면 옛날의 어머니는 배운 지식이 없어서 무식해도 윗대로부터 물려받는 지혜를 스승으로 삼아 지혜로운 사람이었고, 현재의 어머니는 고등교육 이상 대학까지 교육받은 어머니여서 지식은 가졌을지언정 지혜가 없는 무지한 어머니들이 많다는 것이다.

그리고 글공부 역시 예전엔 사서삼경(논어, 맹자, 대학, 중용, 시경, 서경, 역경)으로 하였기에 이 글공부 자체가 지혜를 얻는 공부였다. 하늘과 땅 천지天地의 이치와 자연과 인간의 관계와 인간이 어떻게 살아야 인간답게 살아가는 것인지? 이 모든 지혜를 배웠다.

그러나 현재 물질적 세계에서의 글공부는 어떤 공부인가? 영어, 수학, 과학 등 지식을 전하고 얻을 수 있는 공부는 충분하지만 지혜를 얻을 수 있는 공부는 전무하다.

이로써 현재의 물질적 세계에서 살아가는 사람들은 지식은 뛰어나 무식한 사람은 없는 세상일지라도 지혜가 없는 무지한 사람들이 살아가고 있는 세상이다.

지식, 무식, 지혜, 무지, 이 네 단어 속에서 인간이 인간답게 살면서 행복하고 부유하게 사는 지혜를 얻어야 한다. 지식만 넘쳐나면 욕망이 넘실대는 황폐한 세상이 될 것이고, 지혜가 뛰어날수록 조건 없는 사랑이 베풀어지는 행복하고 살기 좋은 세상이 될 것이다. 이 지혜는 우리 인생실에 있어서 반드시 같이 기야할 동반자이며 사서삼경을 공부하지 못해도 우리 곁에 있는 자연이 우리 스승으로 지혜로운 삶을 살 수 있게 할 것이다.

이 세상에 사람이 하는 어떤 일 하나 하나도 처음부터 잘 닦인 길은 없다. 울퉁불퉁 산길처럼 걷다가 넘어지기도 하고 다리에 상처가 생기기도 한다. 하지만 다시 일어나서 그 길을 가다 보면 가다 또 넘어지고, 그만둘까 돌아갈까도 생각하고 의미 없어 갈등도 하면서 그래도 걷다보면 반복 속에 큰 위대함이 있다.

정상을 향해 걷다 보면 반드시 산 정상에 오른다. 산과 인생은 매우 많이 닮았다. 산이 우리 사람들에게 일깨워주는 것이 많다.

사람에게 인생이라는 산은 매우 조심스럽게 올라 가야할 산이다. 산에서의 오만방자함은 바로 죽음을 의미한다. 정상에 발을 딛고 다시 하산이 끝날 때까지는 겸손해야 하고 공손하게 존중하면서 오르고 내려와야 한다.

그리고 높은 산이던 낮은 산이던 산의 정상은 한두 걸음 몇 걸음 만에 쉽게 내주는 법이 없다. 정상에 도달하려면 한걸음 한걸음씩 내디뎌 고통을 인내하면서 수천 걸음 수만 걸음을 옮긴 사람에게만 정상을 허락해 준다.

이것은 반복 속에 큰 위대함이 있다는 진리를 알려주는 것이며 발걸음의 반복을 거듭하는 동안 성취감은 더욱더 쌓이며 목표 성취의 환희감이 가까워져 온다. 이렇게 얻는 성취감은 나에게 욕심을 없애 줄 것이며 진정한 만족과 행복감을 만끽할 수 있게 해 줄 것이다. 반복은 목표 성취라는 세계에 닿게 하는 징검다리이며 비결이라고 할 수 있다.

산에 오르면서 발걸음의 반복이라는 것은 나 자신의 한계를 깨뜨릴 수 있는 일이다. 끝없는 반복의 지루함을 이겨내야 한다. 산은 절대로 한두 걸음 만에 쉽게 정상에 갈 수가 없다.

우리 인생길에서 뜻밖에 쉽게 얻어지는 만족과 행복은 없다는 말이다. 무슨 일이던지 처음부터 한걸음 한걸음씩이라는 노력을 통하여서만 목적지에 도달할 수 있다.

작은 일도 반복하다 보면 큰 것을 이룬다. 사소함 속에 위대함이 있고 최고의 평범이 바로 진리이다.

그리고 산에 오를 때는 반드시 올라만 가는 것이 아니다. 때로는 내리막길이 있기도 하고 때로는 평탄길이 나오기도 한다. 그러나 길이 쉽다고 뛰어서도 안 된다. 그리고 아름다운 환경이 나오면 자신의 호흡을 가다듬으면서 자신이 걸어온 길을 한번 돌아서 보기도 하고 발아래 펼쳐져 있는 세상 자연의 아름다움을 돌아볼 여유도 가져야 한다.

산에 오르는 사람이라면 모두가 정상을 목적으로 하겠지만 정상에 발을 밟지 않는 사람들도 많다. 중간에서 본인의 만족감으로 그냥 뒤돌아서서 내려가는 사람들도 많다.

우리네 인생도 마찬가지 아니겠는가….

모든 사람들이 정상까지 가는 인생을 사는 것은 아니다. 또 정상에 오른 사람도 정상에서 오래 머무를 수 없다. 정상은 오랫동안 머무는 곳이 아니다. 정상에 올랐으면 잠시 머무르고 다시 내려가야 한다.

정상에 올라갈 수는 있지만 산과 정상을 차지할 수는 없다. 또 사람에게 인생이라는 산은 정상에 올랐다고 끝나는 것이 아니다. 이것은 인생의 절반을 차지한다. 나머지 절반은 내려오는 것이다. 정상을 인생의 끝이라고 생각하는 사람은 내려가는 길이 험난하고 고통스러울 것이며 내려갈 반이 남아 있다고 생각하는 사람은 내려오는 길도 즐거울 것이다.

인생은 목표를 달성하고 성공하는 것도 중요하지만 정상에서 잘 내려오는 것도 그에 못지않게 중요하다. 성공의 절정에서 제대로 내려오지 못하면 사고가 난다.

우리는 산이 높으면 높을수록 더욱더 조심해야 한다. 즉 명성을 얻고 높은 지위에 오른 사람일수록 더욱더 조심해야 하는 법이다.

세상은 높이 오르면 높이 오를수록 나를 쳐다보고 지켜보고 있는 사람이 많은 법이다. 이럴수록 스스로를 더욱더 낮추어야 한다. 지혜로운 사람이라면 행복을 누리고 있을 때 더욱더 스스로를 철저히 단속할 줄 아는 사람이 될 것이다.

산에 있어서 내리막길은 딱 두 번 있다.

첫 번째, 정상에 도착했을 때부터 다시 내리막길을 내려와야 한다. 두 번째, 앞으로 더 나아가려는 노력이 끝나는 순간부터 내리막길을 내려와야 한다.

인생도 마찬가지다. 첫 번째는 높이 있다 생각할 때 스스로를 단속하지 못하고 나태해 질 때부터 내리막길을 걷게 될 것이고, 두 번째는 앞으로 더 나아가려는 노력이 끝나는 순간부터 인생도 내리막길을 내려가게 될 것이다.

놓지 않으면
가난에서 벗어날 수 없다.
비움은
부자로 가는 시작이다

우리의 모든 아픔은 놓지 못하는데서 온다고 앞에서도 말하였다. 정말로 하기 어렵고, 백 번 천 번을 들어 이해했어도 놓을 수 없는 것이 바로 우리 인간이다. 놓을 수 있는 사람이면 그 사람이 곧 성인이다.

하지만 놓는다는 것이 꼭 어려운 일일까? 꼭 어려운 일이 아니다. 이치를 깨달으면 누구나 할 수 있다고 나는 생각한다.

만약 산불이 나서 초기에 넓은 범위로 번지기 전이라면 직접적으로 불을 진화하면 될 것이다. 그러나 이미 넓은 지역으로 불이 번진 상태라면 직접적으로 불을 진화할 수 없다. 이때는 꺼도 꺼도 번져가는 불길을 잡을 수 없다.

이때는 어떻게 해야 하겠는가? 산의 일부는 더 태울 각오를 하고, 더 많은 손실을 각오하고, 불이 더 번지지 못하도록 지금 불타는 지역보다 더 넓은 곳에 방어망을 쳐서 더 번지는 것을 막는다. 즉 당장 눈앞의 불을 진화하겠다고 허둥대다 보면 번져 나가는 불길을 도저히 잡을 수가 없기에 결국은 산 전체를 태우고 말것이다.

그런데 수많은 사람들은 현실에서 어떻게 살아가고 있나?

어려운 일이 생기면 항상 바로 눈앞의 일만 처리한답시고 바쁘다. 그러나 또 다른 구멍에서 새로운 일은 계속 벌어지고 있고, 그럼 따라가서 막고, 또 따라가서 막고 한다. 그러다가 어느 시점에 가서는 아프다고 고통스럽다고 죽겠다고 아우성친다.

1000을 가진 사람이 100을 200을 과감하게 놓지 못해서 10씩 막다가 1000을 다 잃는 이치이다. 100을 놓을 수 있고, 200을 놓을 수 있는 사람이라면 600, 700은 지킬 수 있다. 참 쉬운 논리이고 이치이지만 욕심과 집착 때문에 실행하기 힘든 일이다. 모두가 이 이치에서 벗어나지 못하고 사는 게 현실이다.

사람은 태어나서 살아가는 인생 자체가 번뇌와 아픔의 연속이라고 앞에서 말하였듯이 일상생활을 통하여 한순간도 힘겹지 않게 사는 날이 없을 정도이다.

하지만 우리가 현재 받고 있는 이 고통의 원인은 말할 나위 없이 내 마음이 일으키는 욕심과 집착 때문이다. 내기 그 욕심과 집착을 놓아 버리면 나는 그 고통에서 해방될 수 있다.

사람은 뭔가가 부족하면 끊임없이 그것을 갈망하면서 속으로 만일 그걸 가질 수만 있다면 내 모든 문제가 풀리게 될 거라고 믿는다. 그러나 일단 그것을 얻고 나면, 갈망하는 물건이 손에 들어오고 나면, 그것은 다시 매력을 잃기 시작한다.

그리고 다른 부족한 것들이 느껴지고 다른 욕망들이 다시 고개를 든다. 그리하여 사람은 어느 샌가 조금씩 원 위치로 되돌아가게 된다.

대부분의 사람들은 자신에게 많은 재산이 있으면 행복할 것이라고 생각한다. 그러나 재산이 많다고 해서 행복한 것만은 아니다.

우리는 행복을 추구하는 한 불행의 자리에 머물 수밖에 없다. 원하고 갈망하는 것이 끝이 없기 때문이다. 원하는 재물財物을 손에 넣었다고 행복한 사람은 절대로 없다. 더 많은 양의 재물을 얻기 위해 애쓰고 노력하는 것이 사람이다. 이것이 사람의 문제이고 이 문제 속에 이미 답이 들어 있다.

가난한 것을 불행하다고 생각하지 말고 남이 잘 되는 것을 부러워하지 말고 배 아파하지 마라. 나의 공덕이 없었음을 먼저 탓해야 한다. 가진 것이 없어도 주려는 마음과 베풀려는 마음을 가진 사람이 진정한 부자이다.

무엇이던지 내가 얻기만 바란다고 해서 들어와 지는 것이 아니다. 내가 비워야만 받을 수 있고, 또 나로부터 내 보내야만 들어올 일이 생긴다. 많이 비우면 많이 비울수록 많이 얻을 수 있고, 적게 비우면 적게 얻는 법이다.

버리고 비워야만 받을 수 있고 그리고 새로운 나를 꾸며 나갈 수 있다. 비우지 않고서는 단 한발자국도 앞을 향해서 나갈 수 없다.

지금까지 내속에 있는 탐욕은 앞으로도 계속해서 나를 더욱 힘들게 만들 것이고 나에게 새로움이라는 것을 얻을 수 없게 방해하는 존재에 불과하다. 나 자신을 현재 이 자리에서 한발도 못 움직이게 묶어 놓는 족쇄에 불과하다.

내 스스로 이 탐욕의 족쇄를 풀어야 한다. 그 누구도 나에게 채워진 이 족쇄를 풀어 줄 수도 없고 또 풀어 줄 사람 역시 단 한 사람도 없다. 나에게 채워진 이 탐욕의 족쇄를 풀고 이 고통을 벗어나는 길은 오직 내 마음속에 있고 나만이 할 수 있는 일이다. 나를 비우고 비워서 행복이 행복이 아님을 알고 불행이 불행이 아님을 아는 것이 지름길이다.

백년탐물일조진百年貪物一朝塵이라~

백년을 탐한 재물이라도 하루아침에 먼지 같이 사라질 수도 있다고 하였다. 모든 죄와 잘못은 탐욕에서부터 오고 짓는 것이며 탐욕을 가지면 생각이 어리석어지게 되고 사리판단 구분력이 떨어지게 된다.

삼일수심천재보三日修心千載宝라~

삼일만 마음을 닦아도 천 년간의 보배가 될 수 있다고 하였다. 마음心자리가 중요하다.

일체유심조一切唯心造라~

모든 것은 오로지 마음이 지어낸다 하지 않았던가. 마음이라는 것은 꼭 좋은 생각, 좋은 일, 좋은 것만 지어내는 것이 아니다. 나쁜 생각, 나쁜 일, 나쁜 것도 지어낸다. 답은 오직 내마음속에 있고 나만이 할 수 있는 일이다.

비워야 새것이 들어 올 수 있고 그리고 비우는 순간부터 새롭게 살아 갈 수 있다. 비운다는 것은 정말 나를 새롭게 단장해 준다. 내가 어디에라도 조금이라도 얽매이고 탐욕심이 생긴다면 나에게 돌아오는 것은 반드시 고통뿐이다.

행복을 원한다면 비워라.

사람은 세상을 살다보면 최선을 다해 노력했다 하더라도 결과는 그렇지 못한 경우도 많다. 예를 들어서 달리기를 하는 모든 선수가 최선을 다하였을지라도 모두가 1등으로 우승優勝을 하는 것은 아니다.

아무리 최선을 다하였을지라도 1등부터 꼴찌까지 등위는 결정되는 것이 아니겠는가. 우승을 했든 못했든 그것이 중요한 것이 아니라 내가 최선을 다하여서 달렸다는 것이 중요하리라 본다.

만약 우승이라는 욕심에 사로 잡혀 있으면 나는 절대로 행복해질 수 없을 것이다. 2등을 하고 3등을 하고⋯ 꼴찌를 하였더라도 나에게 행복감을 줄 수 있는 것은 내 자신이며, 내가 반드시 우승해야 한다는 욕심을 놓았을 때 가능한 일이다.

우리는 최선을 다해 우리의 삶을 살아가고 빈 마음으로 세상을 바라보면서 그 삶의 결과를 수용한다면 마음속 기득히 즐거움과 행복이 넘쳐나는 아름다운 삶을 살 수 있다.

내가 진정으로 누군가의 손을 잡길 원한다면 지금 내손에 움켜쥔 것들은 모두 내려놓아야 한다. 한 사람의 손을 잡으려면 빈손일수록 더 깊게 밀착할 수 있는 것이다.

진정 내가 새것을 무엇인가를 갖고 싶다면 갖기 전에 먼저 해야 할 일이 있다. 지금 내손에 쥐고 있는 것부터 먼저 놓아라. 그래야만 다시 새것을 쥘 수 있다.

이 얼마나 간단하고도 간단한 원리인가? 이 이치를 사람들은 모르고 살고 있다. 욕심 때문이다. 지금 쥐고 있는 것을 놓지 않고 새것을 또 갖고 싶어 하고 가지려고 한다. 하지만 새것은 절대로 손에 쥐어지지가 않을 것이다. 왜냐하면 지금 손에 이미 무엇인가를 쥐고 있기 때문에 더 들어갈 자리가 없기 때문이다.

내가 진정으로 성공하고 싶다면 집착도 욕심도 모두 버려라. 그리고 내 마음속에 담겨있는 낡은 생각을 비우는 것이 곧 새것을 얻게 되는 것이다. 새것으로 받고 싶으면 내 마음속에 있는 낡은 것, 헌 것은 모두 비워라. 꽉 찬 마음속에는 더 받을 수도 넣을 수도 없다.

우리의 현실은 샘물과 같아서 퍼내면 퍼낸 만큼 고이게 마련이다. 물질이던 마음이던 남에게 주어 나를 비우면 그 비운 만큼 반드시 채워진다.

내가 발전하고 내가 행복해질 수 있는 방법은 나 자신에게 붙어서 지금까지 나와 함께 같이 살아온 성냄, 탐욕, 어리석음, 독선심, 번뇌 등 이 전부를 버리고 내 마음을 비워야 한다. 그렇지 못하면 나는 절대로 새로운 인생, 새로운 삶을 살아가지 못한다.

내가 비워져야만 우선은 새 마음을 넣을 수 있다. 어제까지, 지금 이전까지의 나는 없어지고 새로운 내가 탄생하게 될 것이다. 비운다는 것은 정말 중요한 일이며, 비움으로써 새로운 나의 삶을 시작할 수 있다.

사람은 누구나 새로움을 갈망하면서 살고 있으면서도 스스로 비우지 못해서 자신에게 새로움을 맛보이지 못하고 있다.

인생의 모든 시작은 비움에서 시작한다. 놓아라 비워라를 아무리 외쳐본들 무슨 소용이 있겠는가. 비우는 방법을 모르면 행할 수가 없다.

비우는 마음은, 놓으면서 주는 마음에서부터 시작된다. 곧 놓으면서 주는 마음은 열린 마음이며 내 것을 고집하지 않는 마음이며 놓고 비움으로써 새것을 남의 것을 받아들일 수 있다.

즉 나를 비울 수 있는 방법은 남의 것을 받아들이는 마음에서부터 시작한다. 남의 것을 받아들일 줄 알 때 자연스레 내 마음은 비워지게 마련이다. 그의 말을 들어주고 그의 마음을 받아 주는 것, 그것이 나를 비우는 마음이다.

성공한 사람이 되기 위해서는, 성공한 인생을 살기 위해서는 욕심은 놓고 마음은 비워야 한다. 놓고 비우면 내 마음과 생각이 넓어지고 맑아져서 새로운 지혜가 열린다.

놓고 비움은 새로운 탄생이며 부자로 가는 시작이다.

오늘 이 순간에 최선을 다하라

━━━━━━

오늘 이순간이 나에게 얼마나 중요한 순간인지 진심으로 생각해 보고 고뇌해 본 적이 있는가?

하루 일당을 벌어야 사는 사람이 어제 일을 하고 일당으로 받은 10만원이 있다면 오늘은 행복할 것이다. 바로 오늘의 이 행복한 내 모습은 어제 내가 만든 것이다. 그러나 그 돈을 술 마시고 노는데 써 버렸다면 이 사람의 내일은 어떻게 될까?

말할 나위 없이 내일은 굶어야 하는 궁핍한 생활이 눈앞에 훤하다. 이 사람은 어제 번 돈으로 오늘 술 마시고 놀면 안 되고 어제의 노력으로 받은 대가와 관계없이 오늘도 열심히 최선을 다하여 노력을 해야 또 밝은 내일이 온다. 이것으로 오늘 이 순간에 왜 최선을 다해야 하는지 이미 답이 나왔다.

이것은 내일의 내 모습은 오늘 내가 만들고 있다는 이치이며 어제는 어제이고 오늘은 오늘대로 최선을 다해야 할 이유이다. 그리고 5~6일을 일하고 하루를 쉰다면 아무런 문제가 없을 것이다.

오늘의 나는 어제의 내가 만들었고 내일의 나는 오늘의 내가 만들고 있다는 것! 현재의 나는 과거의 나의 업보와 과거의 나의 노력으로 이미 만들어 놓은 것이고 미래의 내 모습은 현재 내가 만들고 있다는 것! 그리고 흘러가는 시간 속에 단 하루도 단 한 순간 한순간도 소홀하게 할 수 있는 시간이 없다.

우리는 완벽하지 못한 사람이기에 누구나 더러는 실수도 하고 잘못도 하면서 살아가고 있다. 그로 인해 아픔도 받고 시련을 겪기도 한다. 하지만 다가올 미래가 있기에 오늘 좌절하거나 포기해서는 안 된다. 다가올 밝은 미래는 지금부터 내가 만드는 것이다. 누구나 이치만 깨닫고 행하면 되는 아주 어렵지 않는 일이다.

우리 머릿속에 반드시 염두에 두어야 할 것은 '현재의 내 모습은 과거의 내가 만든 모습이고, 미래의 내 모습은 현재 내가 만들고 있다'는 것이다. 현재의 내 모습에 다소 불만이 있더라도 어제의 내 잘못이니 누구도 탓하지 말고 자책감에 빠지지도 마라. 지나간 과거와 어제에 미련도 갖지 말고 또 매달리지도 마라.

지금 이 순간이 나에게 제일 중요한 시간이다. 내일의 내 모습을 만드는 시간이니 어제의 잘못을 학습 삼아 오늘은 똑같은 잘못을 되풀이하지 않는 지혜로운 사람이 되어야 한다. 내가 오늘 무엇을 해서 성취감을 맛볼까만 생각하고 고민해라.

지나간 과거에 얽매지 말고, 또 다가올 미래에 몰두하지도 말고, 오늘 이 순간에 최선을 다하라. 사람은 때로는 과거를 붙잡고 과거의 고통 속에서 벗어나지를 못하는 경우가 있다. 혹 과거가 아무리 좋았다고 하더라도 그 과거의 망상에 사로잡혀 있으면 오늘 나는 한 걸음도 걸어 나갈 수 없다. 과거에 금송아지 수천 마리를 가지고 있었던들 무엇 하랴. 지나간 과거일 뿐이다. 과거의 시간에 매달리지 마라. 과거를 바꿀 수 있는 방법은 없다.

오늘 나를 위해서 과거는 경험으로 삼고 거기서 교훈을 얻고 지나간 과거는 깨끗하게 잊어버리고 지혜롭게 오늘의 순간순간에 최선을 다하면서 살면 된다. 그리고 오늘은 오늘 일만 생각하고 걱정하고 내일 일은 내일 가서 생각해도 된다. 내일 일을 오늘부터 걱정하지 마라. 내일은 내일의 태양이 뜬다.

나의 삶이 내가 뜻한 대로 굴러가지 않을 때는 어쩌다 오늘만 힘든 날일뿐이라 생각하고 계속해서 앞으로 전진 전진 나아가기만 하라. 무슨 일을 해서 내가 성취감을 맛볼 수 있고 느낄 수 있겠는지 고민하고 그 일을 찾아서 그것에 최선을 다하라.

과거에 매달리고 집착하고 과거의 굴레에서 벗어나지 못하면 아마 미쳐 버릴지도 모른다. 하지만 마음을 편히 갖고 오늘 이 순간에 눈을 뜨면 오늘 내가 무엇을 해야 하는지 답이 나올 것이다.

어제 지은 선악과 나의 노력에 따라서 오늘의 행복, 불행이 있고, 오늘의 노력과 선악 결과에 따라서 내일의 행복, 불행이 있다는 것을 잊지 마라.

그리고 현실적으로 중요한 어제 지은 나의 노력의 대가는 오늘 내가 맛볼 수 있고, 오늘 지은 나의 노력의 대가는 내일 내가 맛보게 될 것이다.

'원인 없는 결과는 없다'는 것을 명심하라.

오늘 할 일에 최선을 다해 놓으면 내일은 반드시 찬란한 태양이 뜰 것이다.

지금 내 모습,
이 순간에 감사해라

지금 내 모습은 어제 내가 만들어 놓은 결과물이다. 이에 불평 불만하지 말고 감사하는 마음을 가져라.

만약 지금 여러분의 모습이 지금보다 더 나쁜 환경이라면 그때 여러분은 어떤 생각을 하겠는가? 지금보다 조금만 더 좋은 이런 저런 환경이라면… 좋겠다고 하겠지. 그러나 바로 여러분이 조금 만 더 바랐던 좋은 조건, 바라고 원하던 환경이 지금 여러분의 환경 아닌가. 이 얼마나 감사한 것인가. 나만 생각을 바꾸면 세상이 다르게 보인다. 감사하는 마음은 부정을 긍정으로, 불신을 믿음 으로 바꾸어준다.

실제로 지금 내 주위에 무엇 하나 감사하지 않을 일이 있나? 전 부가 감사해야 할 일인데 우리는 아주 당연하게 받아야 하는 줄 착각하면서 살고 있다.

몸이 아파봐야 비로소 건강의 고마움을 알고 감사하게 되고, 아내가 집을 비워봐야 집안에서 아내의 역할이 얼마나 컸던가를 알 수 있다. 세상만사에 고마움을 느끼고 감사해야 할 일들이 많지만 보통은 지금 내가 고마워해야 할 일들이 얼마나 많은지를 잘 모르고 살아가고 있다.

사람은 큰 어려움을 겪어봐야 그제야 그것이 감사한 일이라는 걸 깨닫게 되고 후회하기도 한다. 하지만 때는 늦었고 버스는 지나갔다. 그렇다고 좌절하거나 포기해서는 안 된다.

언제라도 이제부터가 시작이다. 지금부터라도 만사에 감사할 줄 알게 되는 것이 어디인가? 아직까지도 이것을 모르고 살고 있는 철부지 사람들이 이 세상에 얼마나 많은가? 자신에게 큰 시련을 주어 이 감사함의 이치를 깨닫고 알게 해준 것에 감사해야 할 것이다.

매사에 감사하라는 말을 입으로는 말하면서 그리고 가끔씩은 그런 생각을 하더라도 사실은 감사해야 할 것이 어디에서 어디까지인지도 모르고 사는 게 우리다. 우선은 먼저 내 주변 사람들과 모든 것에 감사할 줄 알아야 한다.

부모님에 대하여! 아내에 대하여! 자식에 대하여! 감사해야 하고 그리고 의식주에 있어서 나에게 입을 수 있게 해준 모든 인연들! 나에게 먹을 수 있게 해준 모든 인연들! 내가 이 세상 이곳에 머물 수 있게 해준 모든 인연들! 그리고 배울 수 있게 해준 모든 인연들! 그리고 나의 건강과 지금 내가 일할 수 있는 기회를 가진 것에 대하여 감사해야 할 것이다.

그리고 내 이웃과 주위에 있는 모든 인연들에 대하여도 고마운 마음을 가지고 살아야 할 것이며 나에게 주어진 능력에 대해서도 감사할 줄 알아야 한다.

사람이 사노라면 현재에 만족하지 못하고 불평불만하고 또 욕심이 앞서는 경우가 많다. 그때그때 욕심을 채우면 일시적인 만족감을 채울 수 는 있을는지 몰라도 끊임없이 받는 스트레스와 더 갖고 싶다는 욕구는 항상 도사리고 있다. 사실 사람의 욕심이라는 것은 끝도 한도 없는 것이 아닌가. 가지면 더 갖고 싶은 게 사람의 마음이다. 이런 마음의 갈등과 탐욕의 생지옥에서 탈출하는 게 진정한 행복의 길로 들어서는 것이다.

모든 일이 내 마음대로 되지 않는 게 세상의 이치일터 육신보다는 마음을 행복하게 가져야 한다. 늘 자신을 낮추고 살아가야 한다. 세상에 완벽한 것이 없듯이 돈도 명예도 다 갖추어 살려고 하지 마라. 사람의 인생은 비어 있는 듯 살아야 행복을 가질 수 있고 따뜻한 삶을 품을 수 있다. 모든 욕심은 화를 부르고 그것의 결과는 부메랑이 되어 나 자신에게로 돌아온다.

지금의 내 모습과 지금 내가 갖고 있는 것에 대해서 감사해라. 돈이 없는 사람은 돈이 있는 사람을 부러워하고 건강하지 못한 사람은 건강한 사람을 부러워하고 늙은 사람은 젊은 사람을 부러워하겠지만 아무리 돈 많은 사람도 건강한 사람도 젊은 사람도 아픔과 번뇌가 없는 사람은 없다.

이 세상의 아픔에서 벗어나는 길은 물질적 조건이 무조건 행복을 가져다주지 않는다는 것을 인식할 때부터 보인다. 인식을 함으로써 아픔에서 벗어날 수 있다.

나의 바람과 상관없이 다가오는 어려운 일, 고통스런 일들에 대해서 불평불만하지마라. 이것이 나를 힘들게 하고 고통스럽게 해도 이 고통조차도 감사하게 받아 들여라. 이 아픔 역시 내가 만들었고 내가 받는 것이다.

우리는 인과응보因果應報의 원칙에 의하여 어제 내가 만든 선악의 결과로 오늘 나에게 불행이 왔다고 생각하고 불평불만 없이 겸허하게 받아들이고 반성하라. 내가 어제에 진 빚을 오늘 갚고 있다고 생각하라.

그나마 이렇게 빚을 갚을 수 있는 기회를 받은 것에 감사해라. 그리고 지금부터라도 행복한 삶을 만들기로 마음먹는다면 나는 불행에 괴로워하거나 일이 뜻대로 되지 않는다고 포기하거나 실망하지 않게 될 것이다. 지금부터 다시 행복의 열매를 거두기 위해서 노력한다면 반드시 좋은 결과를 얻게 될 것이다. 불평대신 항상 감사하는 마음으로 살면 비로소 나는 행복한 사람임을 알게 될 것이다.

1시간 후 또는 10분 후 당신의 행복 또는 불행을 알 수 있고 책임질 수 있는 사람이 있겠는가?

생각해보면 확실한 나의 인생은 지금 이 순간밖에 없다. 나의 인생에 있어서 지금 이 순간보다 더 확실하고 행복한 시간이 어디 있는가?

어제는 지나가 버렸기에 없어진 시간이고, 내일은 불확실하다. 불확실한 내일의 일을 미리 앞당겨서 걱정하고 분노하면서 살아갈 이유가 어디에 있는가 말이다. 한 치의 앞도 내다보지 못하는 것이 사람의 운명인걸. 오늘 이 순간에 최선을 다하고 행복을 느끼면서 이 순간을 감사하면서 살아야 할 것이다.

인명人命은 재천在天이다

인명재천人命在天이라 했다. 본인이 원해서 이 세상에 태어난 사람은 그 누구 어느 한 사람도 없으며 또 어떤 죽음을 망라하고 본인이 원하여서 죽음을 맞이하는 사람 역시 그 누구 어느 한 사람도 없다. 자살이라는 죽음도 본인이 원하여서 죽음을 맞이한 것은 아니다.

인명재천이란 "사람 목숨이 하늘에 있다"는 뜻인데, 사람의 목숨이 하늘에 있다는 것이 무슨 뜻인가? 어떻게 하늘에 있다는 것인가? 살다가 맘에 들지 않는다고 어느 날 데려간다는 것인가? 아니다.

식품에 유통기한을 표기하는 것은 제품을 공장에서 생산할 때 표기해 놓는 것이지 유통하면서 슈퍼마켓 주인이 정한 것이 아니다.

사람 목숨도 마찬가지다. 사람은 육체를 자연(하늘과 땅)으로부터 잠깐 임대를 받아서 사용하고 있다. 사람은 육체를 자연으로부터 임대해서 사용하고 있기 때문에 언제까지 이 육체를 임대해서 사용하겠다는 임대 기간을 이미 정해 놓고 사용하고 있다. 물론 임대인은 하늘이며 임차인은 우리 자신이다.

즉 사람이 태어날 때 이미 돌아가는 날까지 결정해놓고 태어난 것이다. 우리가 돌아가는 날에 대해서는 임대인인 하늘은 알고 있지만 우리 임차인들은 모르고 살아가고 있을 뿐이다. 어찌하였던지 사람은 자신의 육체에 대해서 임대기간이 언제까지인지를 모르고 살아가고 있다는 것이다.

그래서 사람 목숨은 하늘에 있다고 말하는 것이다. 이렇게 이야기를 하자면 참 우습지 않는가? 사람의 육체는 임대해서 사용하고 있고 자연으로 돌려줘야 하는 것임은 분명한 사실이다.

목숨의 길고 짧음은 우리 사람의 힘으로는 어쩔 수가 없으며 우리 의지, 뜻과는 전혀 상관없이 하늘의 뜻에 달려 있다. 하지만 이것에 불평불만을 하는 사람 단 한 사람도 없다. 이것은 하늘의 뜻에 순응한다는 뜻일 것이다.

이 세상에서 살고 있는 우리 모두는 언젠가는 하늘의 뜻에 의하여 저승으로 돌아가야 할 사람들이다. 우리는 누구나 언젠가는 육체를 등지고 저승으로 떠나야 한다. 하지만 지금 현대를 살아가고 있는 우리는 자신의 삶과 죽음에 대해서 생각할 수 있는 그런 시간적인 여유도 없을뿐더러 그런 생각을 하는 사람도 없다. 또 그런 시간과 공간속에서 살고 있지도 못하다.

사람은 죽음에 가까이 이르렀을 때야 인생이 허무하다는 것을 깨닫는다. 인생무상人生無常이라는 결론을 얻고 빈손으로 왔다가 다시 빈손으로 이승을 떠나서 저승으로 돌아간다.

우리의 삶이라는 것은 고정되어 있지 않고 흐르는 것이며 그렇게 흘러가다 언젠가는 끝나는 것이다. 우리의 삶이 끝나는 날, 그날 우리는 이세상의 모든 것과 이별한다.

우리는 그 누구도 자신이 언제 죽음을 맞이할지 모른다. 저승사자가 우리를 저승길로 안내하러 오는 날, 그날 우리는 그저 아무런 이유 변명도 싫다는 말 한마디도 못하고 따라 나설 수밖에 없다.

사랑하는 가족과도 이별하게 되고 세상을 살아오면서 알던 모든 지인과도 이별하게 되며, 그리고 내가 벌어놓은 재물과도 단절되게 되고, 내가 쌓아놓은 명예와도 그 외 모든 것과도 철저하게 이별하게 된다.

이때 세상의 모든 것에 정리가 안 되어 있는 상태에서 죽음을 맞이하게 되면 미련, 아쉬움, 안타까움 등으로 우리의 영혼은 이 세상 가족들의 주변 또는 집착해 있는 주변을 떠나지 못하게 된다.

내가 어떻게 살까에 대한 답은 내일 내가 죽는다면? 지금부터 내일까지 나는 어떻게 살 것인가 하는 질문을 스스로에게 던져 보아라. 지금 여러분의 머릿속에서 생각하고 떠오르는 것, 그것이 답이다. 그것이 우리들의 본연의 모습이고 우리들이 내일 죽어도 여한이 없게 사는 방법이다.

아마 1초라도 아까워하면서 모든 것에 최선을 다하고 싶어질 것이다.

첫째, 제일 먼저는 사랑하는 부모님께, 아내에게, 남편에게, 가족들에게 그리고 세상 살면서 알고 지내던 지인들에게 지금까지 잘못했던 것이 반성되고 스스로 참회하게 될 것이다. 그리고 남은 하루 동안이라도 이 모든 사람들에게 선행을 베풀고 싶어질 것이다. 둘째는 지금까지 살아온 나의 삶에 대해서 정리를 하고 싶어질 것이다.

그러니까 의식이 지배하는 육체보다는 무의식 잠재의식인 내 본연의 모습이 중요함을 깨닫자. 그리고 화내고 탐욕하고 어리석음으로 인한 수많은 악업을 만들지 말자.

지금부디라도 한 순간에도 각지무치角者無齒를 잊어버리지 말고 모든 탐욕은 내려놓고 악惡한 생각은 버리고 선善한 생각만 하면서 올바른 판단과 행동을 하고 항상 최선을 다하며 지금 이 순간 순간이 나 자신에게 제일 중요한 시간이고 내 인생의 전부라고 생각하면서 살아가는 것이 최선의 방법이다.

극성極盛이면 지패之敗이다

지금 좋은 집 좋은 환경에서 산다고 방심하면 안 된다. 성공의 정상에 올라서면 반드시 패배로 간다. 오르막의 끝에는 반드시 내리막이 있기 마련이고 번창이라는 오르막길 뒤에는 반드시 패배라는 내리막길이 기다리고 있다.

홍진비래興盡悲來라고 즐거운 일이 다하면 슬픈 일이 온다. 부귀재천富貴在天이지만 우리는 최선을 다하여함에 이견이 있을 수 없고, 진인사대천명盡人事待天命을 해야 한다.

높이 있다 생각할 때, 제일 행복하다고 느껴질 때 겸손할 줄 알아야 한다. 앞에서도 얘기했듯이 정상과 높은 곳은 오랫동안 머무를 수 있는 곳이 아니다. 정상 또는 높은 곳에 올랐으면 잠시 머무르고 다시 내려가야 한다. 정상에 올라갈 수는 있지만 정상을 차지할 수는 없다.

인생에 분명히 오르막과 내리막이 있듯이 부유와 가난, 충만함과 빈곤함, 이 모든 것은 파장이 되어 번갈아 가면서 돌아온다. 편안할 때 앞으로 다칠 위기를 걱정해야 한다. 거안사위居安思危.

부유하고 충만할 때 앞으로 찾아 올 빈곤함의 파장 사이클에 대비하라. 이 세상에 잘 살고, 못 살고, 많고, 적고, 행복하고, 불행하고··· 무엇 하나도 영원함이 없다는 것을 명심하고 지혜로운 삶을 살 수 있기를 바란다.

제행무상諸行無常이다. 우리가 거처하는 우주의 만물은 항상 돌고 변하여 잠시도 한 모양으로 머무르지 않는다.

극성지패極盛之敗를 거꾸로 해석하면 극패지성이 된다. 이 세상 살면서 어떠한 고통과 아픔과 어려움에 처해 있는 사람일지라도 절대로 그것이 영원하지 않으니 아파하지 말고 용기를 가지길 바란다.

있고, 없고, 소유와 무소유는 같은 의미이니 있다고 소유했다고 기뻐하지 말고, 없다고 무소유라고 슬퍼하지 마라.

지혜로운 사람이라면 최고의 행복을 누리고 있을 때 더욱더 스스로를 철저히 단속할 줄 안다.

진정한 행복은
고통과 불행이 말해준다

평화의 소중함과 가치는 전쟁의 비참함을 통해서만 배울 수 있다. 처절한 패배의 아픔을 느껴 본 사람이 아니고는 참된 승리의 맛을 모른다. 힘든 고통과 불행을 통하여서만 진정한 행복의 의미를 알 수 있다.

사람들은 행복 속에서 살면서도 그 행복감을 느끼지 못하면서 살아가고 있다. 행복이 무엇인지, 행복이 어디에 있는지도 모르고 살아가고 있다. 행복의 소중함과 가치를 알 수 있는 사람은 고통과 불행이 무엇인지를 아는 사람이다. 그리고 삶이 소중하다는 것 역시 죽음이 사람 곁에 실재하기 때문이다. 기나긴 장마는 햇볕의 소중함을 알려주고 긴 가뭄은 단비의 소중함을 깨닫게 하여 준다.

현재의 고통과 힘듦은 자신을 변화시키는 동기가 될 것이며 자신으로 하여금 이 세상을 새롭게 보게 할 것이다. 이 세상에 삶이 힘겹지 않는 사람은 없다. 하지만 거꾸로 누구 한 명도 복 없이 태어난 사람도 없다. 천불생무록지인天不生無祿之人이라고 하였다. 그리고 누구도 두 개의 복을 가지고 태어난 사람도 없다. 각자무치角者無齒이다.

하지만 사람들은 모두가 각자의 삶이 제일 힘들다고 생각하고 슬퍼한다. 저자는 사람들의 이런 모습들이 너무너무 안타깝다.

그리고 사람들은 모두가 각자의 삶이라는 등짐을 짊어지고 오르막길을 올라가고 있다. 각자가 짊어진 삶이라는 등짐의 무게는 다르다. 하지만 각자가 느끼는 무게감도 모두 다르다. 어떤 사람은 무거운 등짐을 짊어지고도 가볍다고 생각하면서 행복한 얼굴로 오르는 사람이 있는가 하면 타인에 비해 가벼운 짊을 지고도 무겁다고 아우성을 치면서 오르는 사람도 있다. 행복이 자신의 마음속에 있다는 것을 아는 사람과 모르는 사람의 차이일 것이다.

어차피 짊어진 등짐이 자신이 감내堪耐해야 할 몫이라면 어떤 생각과 어떤 각오를 하면서 오를지는 자신만이 판단할 수 있다.

그리고 무거운 등짐을 짊어지고도 가볍다고 생각하면서 행복한 얼굴로 오르는 사람은 크게 될 사람이 뻔하다. 크게 될 사람과 작게 될 사람의 차이는 자신의 결정에 의해서 나누어진다. 크게 되려는 사람은 아무리 힘든 일이 있어도 그것에 개의치 않는다. 자신의 생각대로 전진할 뿐이다.

앞으로 가야 할 삶의 길에도 크고 작은 아픔과 고통의 시련은 분명 있을 것이니 지금의 고통을 스스로를 성숙하고 강하게 하는 계기로 삼아라.

대기만성大器晚成이라 했다. 큰 그릇을 만드는 데는 시간이 걸리고 큰사람이 되기 위해서는 많은 노력과 시간이 필요하다.

그리고 우리는 문제가 있기 때문에 더욱더 발전을 하고 있다. 지금 감당하기 어려운 일에 부딪혀 있는 사람은 내가 어제 진 빚을 오늘 갚고 있다고 생각하고 빚을 갚을 수 있게 해줌에 감사하면서 이 어려움이 오히려 나에게 온 행운이라고 생각할 수 있다면 마음이 한결 편안해질 것이다.

극한極限 어려움 속에서 행복은 싹트고 있는 것을 깨닫고 잊지 마라. 사람은 쓰라리고 아픈 눈물을 닦은 후에야 새로운 세상을 볼 수 있다.

마음의 문을 열고 눈을 크게 떠라. 행복은 닫힌 자신의 마음 안에 고스란히 숨어 있을 뿐이다. 어려움 속에서 지혜를 얻지 못하고 불평불만만 하다가는 이 세상에 와서 내가 남겨 놓고 가는 것이 그 무엇이겠는가.

사람을 제일 무기력하게 만드는 것은 공포도 고통도 절망도 아니다. 바로 자신이 할 일이 없을 때다. 자신에게 할 일을 만들고 그 일을 하면서 앞을 향해 전진할 수 있으면 고통도 절망도 아무 문제가 되지 못한다. 그러니 아무리 어렵더라도 고통스럽더라도 절망감에 자신을 던지지 마라. 그것은 바로 죽음 속에 자기 자신을 던지는 것이나 다름없다.

벌겋게 달군 쇠는 두드리면 두드릴수록 더욱더 단단해지고 도道가 높으면 높을수록 마장魔障도 높아진다 하였다. 더 큰사람이 되려면 더 큰 고난을 겪는 것이 당연한 이치이다.

극한 절망과 좌절을 겪어 보지 않고서 우리가 어찌 행복의 진정한 의미를 알 수 있겠는가? 절망과 좌절이라는 것은 글자 그대로 아무 희망이 없는 절망과 좌절이 아니고 반대로 희망이고 도전을 의미한다. 시련과 고통, 절망, 좌절은 겪은 만큼 성장한다.

절망이라는 아무리 큰 고통 덩어리가 자신을 짓누른다 해도 그것을 참고 견뎌 고통의 덩어리를 치우고 나면 매우 찬란한 빛이 자신을 반겨 줄 것이다. 이것이 행복이다.

우주의 순리는 극과 극이 상존하는 법이다. 사람은 여름이 되어야 겨울의 소중함을 알게 되고 겨울이 되어야 여름의 소중함을 알게 된다. 반대쪽의 입장이 되어 보았을 때 또 다른 반대편의 입장을 알 수 있는 법이다.

행복의 소중함과 진정한 가치는 먼저 고통과 불행이 무엇인지를 아는 사람만이 알 수 있다.

실패 속에서
성공의 비결을 찾아라

수십 번 실패는 하더라도 단 한 번의 포기는 안 된다. 실패는 성공의 어머니라고 하지 않았던가. 실패를 통하여 우리는 공부를 하면 된다.

실패는 우리가 재도전을 할 수 있음을 의미하고 있지만 포기는 재도전의 의미는 전혀 있지 않다. 포기는 의욕상실과 더불어 그것이 끝났음을 결정하는 행위이다. 우리가 살아가노라면 어찌 화창한 날씨만 있기를 바랄 수 있겠는가. 바람 부는 날도 있는가 하면 비가 오는 날도 있고 견디기 힘든 태풍이 불어오는 날도 있는 것이 자연의 순리이다.

마찬가지로 우리가 살아가면서 어찌 좋은 일만 있기를 바라겠는가. 사람이 살아가노라면 누구나 예상하지 않은 실패를 통하여 크고 작은 고비를 넘기면서 어려움과 고난을 겪는다.

이로 인하여서 때로는 견디기 힘들 만큼 큰 아픔을 받기도 하고 슬픔을 느끼면서 시련과 실망과 좌절을 경험하게도 된다.

모든 사람이 아픔과 고통으로 인해서 번뇌하던 그때는 뼈를 녹일 것 같은 아픔이었고…. 또 앞으로 어떻게 견디고 살 수 있을까 싶을 만큼 힘들고 어려웠던 시간들이었을 것이다. 하지만 포기만 하지 않고 한 발짝 물러서서 바라보고 다시 도전한다면 반드시 아픔, 고통을 극복하고 성공을 해 낼 수 있다.

고통을 극복하고 행복을 열어가는 것은 나 자신의 의지에 의해서만 가능한 일이다. 나에게 실패라는 고난과 곤경이 찾아와도 이것을 대하는 나의 마음가짐에 따라 다르다. 다시 오뚝이처럼 일어서서 더욱더 크게 성공하고 행복해질 수 있는 발판으로 사용할 수도 있고 아니면 영원히 헤어날 수 없는 구렁텅이에 빠질 수도 있다.

나의 마음 자세가 어떠하냐에 따라서 행복의 발판이 될 수도 있고 더욱더 불행의 구렁텅이로 빠질 수도 있다. 내가 어떤 마음을 가지고 어떻게 대처 하느냐에 따라서 나 자신과 내 가족의 미래가 달라진다.

우리는 이런 고비를 반드시 이겨내야 한다. 사람은 누구나 완벽하지 못하고 이런저런 이유로 인하여 예상하지 못한 실패를 하기도 하면서 그것에서 더 많은 성공의 비법을 배우게 된다. 그러나 실패를 반복해서 경험하게 되면 누구나가 실망하거나 포기하기가 쉽다. 하지만 실망할 필요도 없으며 더더욱 포기를 생각할 필요는 없다.

어떤 일을 하면서 처음부터 성공하고 잘된다면 금상첨화錦上添花이겠지만 세상에 이렇게 쉽고 간단한 일은 없다.

실패는 언제나 중간역이지 종착역은 아니다. 포기는 모든 것을 버리는 것, 즉 종착역이 되는 것이다. 끝이라는 의미이다. 포기하는 것이야말로 인생 패배자가 되는 것이다. 그것은 바로 죽음 속으로 자기 자신을 던지는 것이다.

아픔을 즐거움으로 받아들일 수 있을 때 우리는 더 이상 무서울 것도 두려울 것도 없다. 지금의 아픔은 나에게 아픔이 아니다. 나를 다시 태어나게 하는 기쁨이요. 즐거움이다. 앞에서도 이야기하였듯이 누구 한 명도 복 없이 태어난 사람은 없다. 천불생무록지인天不生無祿之人다. 그리고 누구 한 명도 두 개의 복을 가지고 태어난 사람도 없다. 각자무치角者無齒이다.

나의 아픔과 불행 뒤에는 반드시 또 다른 기쁨과 행복이 있고, 남의 기쁨과 행복감 뒤에는 분명 또 다른 아픔이 있다. 이것은 우주의 법칙이고 자연의 법칙이다. 따라서 행여나 혹시나도 실패하는 일이 있어도 결코 좌절하거나 실망할 필요가 없다. 오히려 기쁨으로 받아들이고 지금 찾아온 아픔보다 더 큰 아픔이 오지 않은 것에 오히려 감사하면 된다.

칠전팔기七顚八起, 일곱 번 넘어져도 여덟 번 일어난다는 말이다. 많이 넘어져 본 사람이 그만큼 더욱더 강해지는 법이다. 포기만 하지 않는다면 실패를 많이 해본 사람이 그만큼 성공의 문턱에 더 가까이 가 있다는 뜻이다. 견디기 힘든 어려움을 극복한 사람만이 더욱더 강해지고 성공할 것이다.

최선의 공격이 최고의 방어이다. 우리 앞에 놓인 고통과 절망에 대해서도 겁먹지 마라. 올 테면 와봐라. 반드시 너를 쓰러뜨리고 승리할 것이라는 자신감을 가지고 모든 일에 임하면 반드시 극복하고 승리할 것이다.

진실로 안타깝고 불행한 일은 어려움에 처한 사람이 이를 깨물고 꼭 노력해서 반드시 다시 일어서겠다는 의지를 갖지 못하는 것이다. 그리고 쥐고 있는 것, 갖고 있는 것을 놓지 못하는 것을 볼 때가 제일 마음이 아프고 안타깝다. 상대방이 불쌍하고 가련하게 보인다. 내가 도울 수 있는 게 없다. 안타까움만 많을 뿐이다.

인생에는 성공만 있는 게 아니다. 실패가 더 많다. 내 길을 찾아 다시 도전하라. 길이 막혔거든 다른 길로 돌아가라. 내 것이 아니다 싶은 것은 과감하게 버리고 시간이 걸리더라도 내 것을 찾아 다시 도전하라.

실패를 통하여 학습을 하고 학습을 통하여 성공을 추구하는 것이다. 중요한 것은 도전하는 것이다. 실패하더라도 거기서 교훈을 얻으면 된다. 그것이 쌓여 성공으로 가는 것이다.

하늘이 무너져도 솟아날 구멍이 있다 하지 않았던가.

지금 이 순간, 세상이 무너지는 듯한 절망과 고통스러운 삶에 있다 할지라도 결코 이겨내지 못할 일은 없다. 실패하고, 사회의 바닥으로 내팽개쳐진다 할지라도 좌절하지 마라. 어떠한 아픔과 슬픔과 고통과 시련이 따르더라도 절대로 실망과 좌절을 하지 마라.

내 인생은 내가 만들어 나가야 한다. 그 누구도 내 인생을 대신 살아 주지 않는다.

주위를 돌아봐라. 나보다 수십 배 수백 배 더한 고통을 짊어지고 가는 사람도 많다. 하지만 고통이라고 생각하지 않고 모두가 극복하려 애 쓰고 있다. 그리고 그것을 극복한 사람들도 많다.

나도 극복할 수 있다는 생각을 한순간도 잊지 마라. 혹독한 겨울을 이겨낼 수 있음은 다가올 따스한 봄에 대한 기대와 희망이 있기 때문이다.

우리는 예상하지 못한 상태에서 찾아올 수 있는 현실적 시련에 굴복하지 않고 의지로써 이겨낼 때 새로운 삶을 통하여 보다 더 아름다운 인생을 살아가게 될 것이다.

인간만사새옹지마人間萬事塞翁之馬이고, 호사다마好事多魔라고 하였다. 인생에 있어서 좋은 일이 나쁜 일이 되기도 하고 화가 복이 되기도 한다. 길흉화복吉凶禍福은 항상 바뀌며 좋은 일이 실현되기 위해서는 많은 풍파를 겪기도 한다.

포기만 하지 않는다면 실패는 반드시 성공을 가져다준다. 실패는 성공의 어머니이고 성공으로 가는 중간역에 불과하다는 것을 잊지 말고 반드시 실패 속에서 성공의 비결을 찾아라.

다시 한 번 더 강조하지만, 누구 한 명도 복 없이 태어난 사람은 없다. 또한 누구 한 명도 두 개의 복을 가지고 태어난 사람도 없다.

나만 못난 사람이고, 나만 가난한 사람이고, 나만 세상 고민, 걱정 전부 머리에 이고 가는 사람이라고 생각하는 여러분! 스스로의 인생을 불행한 인생으로 몰고 가고 있는 것이다.

　여러분이 어떤 상태에서 어떤 모습으로 있던지 이 순간의 여러분 모습에 감사함과 행복함을 느낄 수 있을 때, 여러분은 진정한 행복감을 누릴 수 있다. 그리고 어려움과 실패 속에서 성공의 비결을 찾을 수 있을 것이다.

　나의 아픔과 불행 뒤에는 반드시 또 다른 기쁨과 행복이 있고, 남의 기쁨과 행복감 뒤에는 분명 또 다른 아픔이 있다. 이것은 우주의 법칙이고 자연의 법칙이다.

시계톱니바퀴는
서로 반대로 돌고 있다

이 우주가 음양으로 구성되어 있고 시계속의 톱니바퀴는 서로 반대로 돌아가기 때문에 조화를 이루어 완성된 시계가 될 수 있다. 이 자연은 모름지기 낮과 밤을 동시에 보낼 수 없으며, 여름과 겨울을 동시에 즐길 수 없다.

세상에는 나의 생각과는 다른 생각과 의견이 있기 마련이다. 또 반대 의견이 있기에 조화를 이루는 것이며 그래야만 온전한 한 사회가 되어서 흘러가는 것이다.

그러나 자기를 주장하는 마음과 나만이 옳다는 생각이 너무 강해지면 고집과 독선으로 타인과 충돌이 이루어지며 그것으로 인해서 나의 적을 많이 만들게 되며 내가 쌓아 놓은 덕은 무너지고 나에게 들어오는 복을 막게 된다.

우리의 목적을 달성하기 위해서는 우리 자신 안에 있는 고집과 독선을 꺾어야 한다. 나의 독선을 자꾸만 버리고 비워서 허공과 같은 마음이 되고 상대의 의견을 받아들일 줄 알 때 무수한 많은 사람과 인연이 맺어질 것이며 버리고 비운 허공 같은 빈자리에 많은 사람들이 들어 올 수 있는 것이다. 마음이 독선으로 가득 차 있는 사람은 타인을 받을 공간이 없어서 받지 못한다. 때문에 성공하지도 큰사람도 되지 못한다.

큰사람이 되는 것과 성공을 할 수 있다는 것은 수많은 사람을 내 사람으로 받아들일 때 가능한 것이며, 수많은 사람을 내 사람으로 받아들인다는 것은 내가 그들의 의견을 하나하나 전부 받아들이고 존중할 때 가능한 일이다. 내가 그들의 의견을 전부 받아들인다는 것은 나 스스로의 마음에 아집과 독선이 사라지고 비워져 있을 때 가능한 일이다.

많은 친구를 얻고 싶으면 상대방 의견을 전부 받아들일 줄 알아야 한다. 상대방이 변해주기를 바라지 말고 내 마음부터 열어서 열린 세상과 조화로운 인간관계를 만들어라.

조화로운 인간관계를 만드는 것은 내 마음을 여는 것이며 내가 주는 마음에서부터 시작된다. 내가 주는 마음이라는 것은 상대를 포용할 수 있는 것이다. 즉 상대의 의견을 내가 받아들이는 것이다. 반대로 나의 의견만 옳다고 주장하고, 내가 받고자 하는 마음만 있다면 상대는 문을 열지 않는다. 더 나아가 상대는 나를 더욱더 경계하게 될 것이다.

내가 받기만 원하거나 또는 내가 빗장을 걸면 상대는 더 심하게 빗장을 걸어 올 것이다. 이렇다고 해서 상대를 탓할 일이 아니다. 나의 고집은 버리고 나의 고집과 독선이라는 담은 낮추어 열린 세계를 만들어라

우리 주변에서 열린 마음 열린 세상이 무엇인지를 잘 알 수 있는 것이 있다. 최근 일부 동네의 집들은 담을 높이 쌓아서 닫힌 집으로 짓지 않고, 담을 아주 낮게 하거나 아예 두지 않는다. 우리가 예전처럼 담을 쌓고 닫힌 집에서 삶을 살 때에는 내 것의 중요함은 있었을지 모르나, 오히려 이웃과 막혀 있었고, 또 중요한 것은 내 스스로도 주위로부터 보호를 받지 못했다는 점이다.

담으로 폐쇄되어 있는 집안에서는 무슨 일이 일어나도 지나가는 사람들이 알 수가 없다. 때문에 도둑이 들어갈 수도 있었고 강도가 들어갈 수도 있었던 것이다. 그리고 안에서 무슨 일이 나도 모르며 또 주위로부터 도움을 받을 수가 없었다. 바깥세상으로부

터 닫혀 있었기 때문이다.

하지만 집을 오픈시켜 두면 나에게 불이익한 일은 발생되지 않는다. 오히려 어려움에 봉착했을 때 주위 사람들에게 보호를 받을 수 있는 좋은 점이 있다. 그리고 이웃도 담을 허물고 나에게 다가 와 줄 것이다.

마찬가지로 내 스스로가 먼저 마음을 열었을 때는 모두가 나를 도와주려고 할 것이며 나는 그들로부터 보호를 받게 될 것이다.

내 것을 고집하지 않고 내 마음을 엶으로 해서 모든 사람들이 나를 들여다 볼 수 있으며 나는 더욱더 깨끗하게 나 스스로를 정리 정돈하여 타인에게 보여주려고 할 것이다. 그리고 상대방도 나에게 마음을 열어 올 것이다.

내가 먼저 나의 주장만 하지 말고 나의 주장대로 모든 사람이 따라와 주기만 바라지 말자. 시계속의 톱니바퀴는 반드시 서로 반대로 돌아가는 것이 있기에 조화를 이루어 한 개의 완성된 시계가 탄생한다는 것을 잊지 말자. 내가 먼저 하는 양보와 내가 조금 손해 보는 배려와 나를 먼저 열고 상대의 주장을 전부 받아들이고 존중할 때 나와 우리가 사는 세상에 큰 행복이 만들어진다.

행복이란 마음먹기 달렸다. 나의 주장만 옳다고 부르짖는다면 나의 적만 많이 만들 것이며 나에게 조화로운 세상은 오질 않을 것이며 나의 행복 또한 오질 않는다.

내 자신을 긍정하고 확신하라.
그 믿음이 성공을 부른다

내 자신의 믿음에 대한 신념과 확신 없이는 성공을 부를 수 없다.

병원에서 수술을 한 환자에게 의사들은 무어라고 말해 주는가? "수술이 잘 되었으니 조금 있으면 완쾌가 될 것입니다"라고 일러준다. 이것도 환자 스스로에게 "나는 수술이 잘 되었으니 곧 완쾌가 된다"라는 긍정과 믿음을 가질 수 있도록 해주는 것이다. 때문에 설사 수술이 100퍼센트 잘 되었다라고 말하지 못하더라도 환자 스스로의 자기 암시적 치료 때문에 빨리 나을 수 있게 된다.

반대로 의사의 이야기가 부정적인 말이라면 결과도 그렇게 될 것이다. 스스로에 대한 부정하고 믿음을 갖지 못한다면 결과 역시 그렇게 될 것이 뻔하다.

내가 하는 생각의 믿음과 확신으로 인해서 내가 죽고 사는 길이 달라진다. 나의 생각 속에서 스스로에 대한 믿음과 확신은 내 인생을 만들어 나가고 있다는 것을 명심하기 바란다. 나의 미래는 지금 내가 생각하고 있는 그대로이다.

그리고 그 생각은 평소의 나의 사고방식이다. 행복한 생각을 하면 행복한 미래가 만들어질 것이고 부정적인 생각을 하면 불행한 미래가 만들어질 것이다.

부자는 무모하다 싶을 정도로 강한 확신이 있다. "아마 잘 되겠지"가 아니라 "틀림없이 잘 된다"라는 확신을 갖고 있다.

성공하는 사람들은 승리한다는 틀림없는 확신을 갖고 있으며 어떤 어려움이 닥치더라도 반드시 틀림없이 그것을 극복하고 앞으로 전전할 것이라는 확신을 갖고 있기에 성공이라는 목적을 달성하게 된다.

내가 확신을 갖기까지는 우선 몇 가지를 알아야 한다.

맨 처음 일어나는 생각이다. 처음 일어나는 생각이 무엇이냐가 중요하다. 요놈의 생각이라는 것은 한 생각을 일으키면 꼬리에 꼬리를 물고 다른 생각들이 일어나는 습성을 가지고 있다. 이점을 명심하고 중요하게 받아 들여라.

내가 긍정적인 사고를 갖고 맨 처음 생각을 긍정적으로 시작하면 그 생각은 꼬리에 꼬리를 물고 긍정적인 생각만을 일으킨다.

반대로 부정적인 생각을 일으키면 그 역시 꼬리에 꼬리를 물고 부정적인 좋지 않은 생각만 일어난다. 만약 부정적이 생각만 일으킨다면 그 사람은 결국 파멸의 길로 들어서게 될 것이다.

그럼 나는 어떻게 하여야 하겠는가?

우선 내 자신을 긍정하라. 그리고 그것에 대한 믿음과 확신을 가지고 모든 일에 임하는 자세를 가져라. 그러면 눈에 보이는 모든 사물의 모습에도 긍정하게 될 것이며 그 이면의 모든 것에도 긍정하게 된다. 그러고 나면 내 자신이 만나는 사람들의 다양한 모습도 또한 긍정하게 된다.

긍정은 긍정을 불러오기에 이로써 세상은 완전히 달라지는 것이다. 여기서부터 생각이 일어난다. 다음은 그 생각에 대한 나 스스로의 믿음이다. 그리고 그 믿음에 대해서 확신을 갖고 전진해 나가는 것이다.

내가 보는 모든 것에 대해서 나는 생각을 만들 것이며 생각은 곧 말로 이어질 것이며 말은 행동을 하게 하고 행동은 습관을 만든다. 습관은 나의 사고를 변화시키고 그것은 곧 내 인생을 바꾸는 역할을 한다. 내 자신을 긍정하고 믿고 그것에 대한 확신을 갖고 세상의 모습을 바라볼 때 나는 행복과 성공의 길을 걷게 될 것이다.

만약 스스로가 부정적인 생각을 자주 하고 있다면 행복해질 것을 원하지 마라. 절대로 그런 일은 오지 않을 것이다.

우리는 쓸데없는 부정적인 마음이 실로 얼마나 큰 불행을 갖고 오는지 깨닫고 알아야 한다. 각자의 마음속에 부정적인 생각의 씨앗을 심는 순간 그 씨앗은 틀림없이 싹을 틔우고 올라온다.

씨앗이라고 표현하니까 무언가 연약한 느낌이 들겠지만 그렇지 않다. 그것은 악마이다. 그 악마의 모습은 자기 자신의 내면에서 본인도 모르게 무섭게 자란다. 그러면서 세상의 기운 줄도 모두 바꿔 버린다.

이것은 우리가 살고 있는 이 우주의 에너지파동 작용이다. 해서 결국 우리는 악마의 소용돌이, 불행의 소용돌이에 휩싸이게 되고 고통의 바다에 빠지게 된다.

긍정, 반드시, 틀림없이, 부정, 어쩌면, 아마 이런 단어들은 자기 암시적인 기운을 갖고 있다. 자신이 자기 암시에 지배를 당하고 있다는 뜻이다.

자기암시의 힘이라는 것은 정말 대단하고 강하다.

"나는 이래서 된다" "나는 저래서 안 된다" 하는 이런 생각과 믿음들은 스스로에게 결정적인 자기 암시적인 언행言行을 한다. 곧 '마음의 법칙'이기도 하다.

내가 생각하고 믿고 확신하고 말하고 행동하는 대로 즉 자기 스스로 주는 암시대로 현실은 발생된다. 내 자신을 확신하는 것이 성공한 나를 만들 것이며 성공을 확신하는 나는 꼭 성공한다.

불가능이란
말을 쓰지 마라

남자들이 군대에 입대하면 처음으로 듣고 배우며 제대할 때까지 배우고 사용하고 또 후임에게 가르치고 또 사용하는 단어가 무엇인가?

"못한다, 안 된다가 어디 있어! 고참이 하라면 하는 거지!"

바로 이 얘기다.

군대라는 울타리 속에서는 무지무지 무서운 말이기도 하며 처음에는 누구나가 이해하기 힘든 말이다.

"안 된다가 어디 있어. 하라면 하는 거지." 이 말을 들으면 "아니 안 되는 것 뻔히 알면서 왜 하냐고요?"라고 누구나 묻고 싶고 말해주고 싶었을 것이다. 이런 말이 통할 것이라고 생각할 수 있겠지만, 아니다.

그렇다. 군대라는 곳은 특수한 사회이기 때문이다. 전쟁에는 1 등, 2등, 3등이 없다. 승자냐! 패자냐! 이것만이 존재하는 세계이다. 이런 세계에서는 될까 안 될까 라는 의문자체도 용납할 수 없을 뿐더러 아예 용납이 안 된다.

내가 죽느냐 사느냐 생사의 기로에 서 있기 때문에 안 된다는 부정! 못한다는 부정! 이런 불가능이라는 것은 아예 뿌리도 내리지 못하는 곳이다. 불가능이 없다는 의미에서 나름 바람직한 사회라고 생각한다.

우리 옛말에 "군대 갔다 오면 사람 되어 온다"는 말이 있다. 바로 군대는 불가능이 없다고 생각하도록 정신개조, 정신 무장을 해주기 때문이다.

사람은 피할 곳이 있으면 부정적으로 생각하고 만다. '피할 곳이 있다'고 생각하면 벌써 실패의 문을 반은 통과한 것이다. 실패를 예상하는 것과 다를 바가 없다.

피할 곳이 없다 생각하여야 하며 피할 곳이 없어야 한다. 피할 곳이 없어야 죽느냐 사느냐의 기로에 서게 된다. 그러므로 인해서 부정적인 생각과 불가능이라는 것은 아예 버리게 된다.

얼굴이 어둡고 우울한 사람은 주위 사람들로부터 호감을 갖지 못한다. 얼굴이 밝고 웃는 얼굴 명랑해 보이는 사람 주변에 사람들은 몰리게 된다. 우리 인생은 밝고 맑게 웃으면서 명랑하게 살아도 한평생이고 어두운 얼굴에 찡그리고 인생 탄식하면서 살아도 한평생이다. 어차피 한평생이라는 것을 항상 순간순간 느끼고 있다면 누구나가 다 밝고 맑게 웃으면서 명랑하게 살고 싶어 할 것이다. 그런데도 불구하고 어째서 우리는 어둡게 살아가는 것일까?

이 세상에 태어난 모든 사람들은 누구 할 것 없이 모두가 하늘의 복을 타고 났다.

하지만 사람은 태어나서 살아오면서 어느 사이엔가 부정적인 사고와 부정적인 생각을 더 많이 하게 되어 버린 것이다. 찌든 세상을 살아오면서 긍정적인 사고보다는 부정적인 사고가 우리를 더 많이 지배하게 된 것이다. 물론 스스로 만든 것이기는 하지만…. 그러나 사람들은 그것을 스스로 만든 것인지 어떤 것인지도 모르고 지금 살아가고 있다.

우리는 세상을 살다보면 "어차피 못할 텐데…" "어차피 안 될 거야…" "과연 이것이 될까?…" "안 될 확률이 커"라는 등 체념 섞인 말을 종종 하기도 하고 또 들을 때가 있다. 이런 부정적 사고를 갖고 있으면 시작도 하기 전에 이미 반은 실패의 문을 넘어 갔다고 생각하면 될 것이다.

먼저 자신에게 피할 곳이 있다든지 부정적인 불가능이란 단어가 머릿속을 지배하는 순간 성공은 멀어지고 실패는 가까이 다가와 있는 것이다. 부정적 사고와 습관을 빨리 타파하는 것이 나를 행복하게 만드는 것이다.

어떤 일을 추진해야지라고 마음먹었는데 머릿속 깊은 곳에 잠재해 있던 못된 부정적 사고라는 녀석이 고개를 살며시 쳐들며 "될까? 안 될 거야. 안 될 확률이 커. 할 수 있을까?"라고 해 버리면 아예 시작도 못하게 될 수도 있다. "어차피 안 될 텐데 왜 해?"라는 것은 들어보면 나름대로 이해가 될 것 같은 이야기이지만 이런 말을 하는 사람의 사고방식은 대단히 잘못된 것이라 생각된다.

"손을 씻으면 뭐해! 어차피 이것저것을 잡으면 더러워질 텐데." "산에 올라가면 뭐해! 어차피 내려올 산인데…"라는 말과 같지 않는가?

이런 사람들은 그럼 숨은 왜 쉴까? 숨을 들이쉬면 뭐해! 어차피 내 뱉을 텐데 라는 사고방식과도 같다. 이런 부정적인 사고와 습관은 빨리 버리는 것이 나를 행복하게 만드는 것이다.

개인적으로 보면 나 하나이지만 내가 모여서 우리가 되고 더 나아가서 전체 사회가 되기 때문에 내가 어두워지면 우리가 어둡게 되고 또 사회 전체가 어둡게 되어 버린다. 혼탁한 사회가 되어 버리는 것이다.

그럼 새로 태어나는 인생 또한 물들고 물들고 하면서 그 어둠에서 영원히 벗어나지 못하게 된다.

세상만사를 밝게 보고 긍정적으로 생각하고 모든 일에 있어서는 가능이라는 단어만 사용해야 하는데 거꾸로 만사를 어둡게 보고 부정적으로 생각하고 불가능이라는 단어만 머릿속에 떠올리는 나쁜 습성이 사람들에게 생겨버린 것이다.

때문에 사람들은 무엇인가를 새롭게 시작할 때 안 된다는 말을 즐겨하는 습성이 생긴 것이다. 이런 습성을 떨쳐버리지 못하면 나는 아무 일도 할 수 없게 된다.

지금 나부터 다시 변하자.

세상에 만사를 밝게 보고 긍정적으로 생각하고 모든 일에 있어서 가능이라는 단어만 사용하라. 항상 가능하다. 한다. 된다. 할 수 있다. 해야 한다. 하게 된다는 긍정만!

처음 시작은 나 혼자이지만 이것은 곧 우리가 되고 또 우리 사회 전체로 번져서 사회가 밝고 맑은 사회가 된다. 이것은 곧 국가 발전에도 이바지한다.

"나는 한다."
"나는 된다."
"나는 할 수 있다."
"나는 해야 한다."
"나는 하게 된다."

하루 열 번씩
성공을 노래해라

이 우주의 에너지 파동은 결코 사라지는 법이 없다. 내가 한 말 한 마디는 파동으로 변해서 우주를 돌아 돌아서 언젠가는 반드시 나에게로 온다.

내가 가까운 물체를 두고 소리치면 메아리가 되어서 바로 돌아오지만 허공에 소리치면 우주를 돌아서 반드시 나에게로 온다. 그때 돌아오는 파동의 힘은 내가 소리친 파동의 수억 배에 달하는 힘을 갖고 돌아온다. 바다에서 지진이 일어났을 때 진앙지에서 최초에 생긴 파동은 미미할지언정 수백 킬로미터 바다를 밀려오면서 에너지는 더욱더 커져서 어마어마한 위력으로 육지에 도달한다.

마찬가지로 무심코 내가 내 뱉은 말 한 마디는 지금은 아무런 표시가 없지만 우주를 돌고 돌아서 세월이 지나서 어마어마한 위력으로 나에게 다시 돌아오게 된다. 나에게로 돌아와서 과보果報로 작용하게 된다.

말의 힘은 크고 중요하다. 우주의 근원은 파동이다. 일체만상 우주의 근원은 파장과 진동 즉 파동波動으로 이루어져 있고 형성되어 있다.

파동이라는 것은 빛도 파동이고 소리도 파동이다. 사람의 시각과 청각은 즉 사람의 눈과 귀는 모두 파동을 받아들임으로써 보고 듣게 되는 것이다. 이 많은 파동 중에서 사람이 보고 듣고 할 수 있는 것은 너무도 보잘 것 없고 미미한 수준이다. 사람이 눈으로 느낄 수 있는 한계인 가시광선可視光線의 파장 범위는 우리가 무지개 색깔로 잘 알고 있는 빨강, 주황, 노랑, 초록, 파랑, 남색, 보라에 불과한 380~800나노미터(nm)이다. 그리고 귀로 들을 수 있는 가청음可聽音 역시 대략 주파수가 20~2만Hz(헤르츠)이다.

사람의 능력으로 보지도 못하고, 듣지도 못하는 더 큰 파장의 세계가 있는데도 불구하고 자신이 보고 듣고 있는 이 파장 세계가 전부인 양 의기양양하게 자신이 최고라면서 독선적으로 살아가고 있다.

우주의 모든 것이 파동으로 이루어져 있다. 우리 사람의 육신도 파동으로 이루어져 있고 이외 모든 물체들도 파동으로 이루어져 있다.

사람은 각각 고유의 에너지 파동을 지니고 있다. 그 파동들이 서로 작용하여 좋은 파동으로 변할 수도 있고, 나쁜 파동으로 변할 수도 있다.

사람들은 각자가 서로 다른 파동을 가지고 살고 있기에 여러 사람이 모이면 각각 틀린 파동들이 작용하여 새로운 파동을 일으킨다. 이렇게 새롭게 발생한 파동(에너지)이 각각의 사람들에게는 좋은 영향으로 올 수도 있고, 나쁜 영향으로 올 수도 있다.

자신에게 일어나는 모든 일을 즐거워하고 행복해하는 사람이라면 밝고 좋은 에너지의 파동이 생기면서 그것을 느끼면서 살 것이며, 그렇지 않고 부정적인 생각을 하는 사람이라면 어둡고 나쁜 에너지의 파동이 생길 것이며 항상 그 파동을 느끼면서 살게 될 것이다.

내가 항상 웃고 행복해하며 긍정적인 생각만 하는 사람이라면 밝고 좋은 에너지파동이 소용돌이 칠 것이다. 그리고 그 기세로 나에게 탁하게 고인 어둡고 나쁜 에너지는 모두 날려 버릴 것이다.

항상 밝고 좋은 에너지 파동을 만들면서 살아가는데 돈 드는 일이 아니니 오늘 지금부터 당장 그렇게 살아가길 바라는 마음이다. 사람의 입은 나쁜 말을 하여 상대방과 타인을 아프게 하라고 만들어 놓은 것이 아니라 입으로는 항상 좋은 말만 하라고 만들어진 것이다.

파장과 진동이라는 것은 곧 말을 의미하며 말은 이미 내 마음을 통제하고 있기도 하다. 말이 이미 내 마음을 통제하는 파동에너지이기 때문에 말로 이미 성취되었음을 외쳐라. 마음먹은 대로 될 것이라고 외쳐라.

좋은 말을 반복해서 하다 보면 좋은 행동이 생기고 좋은 습관이 생기고 좋은 일이 생긴다. 나쁜 말을 반복해서 하다 보면 나쁜 행동을 하게 되며 곧 나쁜 일이 생긴다.

항상 확신에 찬 말만 하라. 그럼 자신도 모르게 더욱더 확신을 가지게 되고 또 엄청난 추진력을 만들어 반드시 현실이 되어 돌아온다. 자신감에 찬 말만 하다 보면 그 결과는 반드시 현실에서 일어난다. 부정적 언어는 절대로 삼가해라.

말을 통하여 마음을 다스리고 원顧을 성취해라.

"나는 엄청 운이 좋은 사람이다."

"나는 이미 성공하도록 운명이 결정되었다."

"나는 무엇이든지 할 수 있다. 하게 된다."

"나는 반드시 이 일을 성공적으로 해 낸다."

"나는 반드시 내 마음에서 성취한 것은
현실에서도 성취한다."

"나는 이미 성공한 사람이다."

이렇게 매일 수십 번 이상을 외쳐라.

조상을 위하여
지극정성으로 기도를 해라

뿌리가 없는 나무는 없다. 줄기와 열매는 반드시 뿌리의 영향을 받는다. 조상이 편해야 내가 편하다.

이 우주에는 육체와 뇌가 지배하면서 사람이 보고 들을 수 있는 '물리적 세계'인 '이승세계'가 있고, 너머에 또 다른 세계인 조건 없는 사랑과 선함으로만 가득 차 있는 보이지 않는 '영적세계'인 '저승세계'가 있다. 저승세계는 과학이 측량할 수 있는 범위의 존재가 아닌 우주의 완전함이다. 영혼(의식)이 육체의 결박에서 풀릴 때 비로소 이 넓고 무궁한 큰 저승세계가 있다는 것을 알게 된다.

이승세계에서 살고 있는 우리는 누구나 언젠가는 하늘(천지신명)의 뜻에 의하여 육체를 등지고 저승세계로 가야할 사람들이다. 빈손으로 이승에 왔다가 다시 빈손으로 이승을 떠나서 저승으로 돌아가게 된다. 그날 우리는 이승의 모든 것과 이별하게 된다.

하지만 인간의 삶은 죽음으로 끝나는 것이 아니다. 이승과 저승은 한판의 같은 승이다. 인간 육체의 죽음이라는 것은 이승에서 물질적 의학적 세계관으로 볼 때 사망일뿐이다. 모든 것이 끝났다라고 생각하지만 그렇지 않다. 우리는 눈으로 보고, 귀로 들리는 뇌가 지배하는 세계만이 전부인 양 착각을 하면서 살고 있다.

죽음이라는 것은 비로소 영혼이 물리적 세계인 이승에서 육체를 등지고 떠나 영적세계인 저승으로 돌아가는 것이며 영원한 삶으로 떠나는 것이다. 영혼이 죽은 것이 아니라 죽은 인간 육체를 떠났을 뿐이며 이때 영혼은 제각기 다른 태도로 반응하게 된다.

첫째는 오 멋져라. 이 아름다운 곳에 내가 돌아왔구나 하는 영혼!

둘째는 저승으로 가지 못하고 죽어버린 육체에 머물고 싶어 하거나 이승 떠나기를 주저하는 영혼이 있다.

그것은 방금 살고 나온 이승의 인생 경험에 따라 달라진다. 인간은 누구나 할 것 없이 육체를 가지고 살았던 이승세계에서 육도윤회(지옥, 아귀, 축생, 수라, 인간, 천상)를 통하여 '화내고, 끝없는 탐욕을 부리면서, 어리석음으로, 오직 나만 옳다는 독선적인 성격과

너무나 많은 고민과 번뇌'로 인하여 많은 업을 쌓으면서 살았다. 육체마다 각각 많고 적고, 강하고 약하고 만이 다를 뿐이다.

이승에서 저승으로 가는 길과 저승에서 영혼의 위치는 역시 영혼들이 관리했던 육체가 살아생전에 쌓은 인과응보因果應報에 따라서 다르다.

이승과 저승은 완벽한 우주 조화와 질서 속에서 순환의 법칙에 따라 쉬지 않고 움직이고 있다.

우리가 살고 있는 이승을 관장하는 곳은 저승이며 저승을 관장하는 곳은 이승이다. 상호간이 순환의 법칙대로 돌아가고 있다. 때문에 저승에 계시는 조상을 끊임없이 도울 수 있고 조상을 위해서 어떠한 형태로든지 긍정적인 영향력을 행사할 수 있는 곳은 바로 이승의 우리들이다.

이승의 구조가 '사장, 전무, 상무이사, 부장, 차장, 과장, 대리, 계장, 주임, 평사원 / 총리, 장관, 도지사, 시장, 구청장, 군수, 동장, 면장, 주민…' 이렇게 피라미드 구조로 되어 있듯이 저승의 구조도 이승과 똑같이 피라미드 구조로 되어 있다.

영혼이 이승을 떠나 저승으로 돌아갔을 때 저승으로 돌아간 각각의 영혼이 위치하는 자리는 그 영혼이 이승에서 관리했던 육체가 어떻게 살았느냐에 따라서 결정된다. 이승의 계급사회에 비유한다면 부장의 위치에 바로 들어 갈 수도 있고 평사원으로 들어 갈 수도 있고, 구청장 위치에 갈 수도, 주민의 위치에 들어 갈 수도 있다. 이 모든 것은 이승에서 영혼이 관리했던 육체가 어떻게 살았느냐에 따라서 달라진다.

조건 없는 사랑을 베풀며 선함으로 산 육체를 관리했던 영혼은 저승에서 높은 위치에 들어간다. 그러므로 이승에 남아 있는 자손을 돌봐 줄 역량까지 생긴다. 때문에 이승에 남은 자손들은 하는 일마다 술술 잘 풀린다. 이 모든 것이 조상의 음덕으로 자손들이 잘된다.

반대로 악업을 많이 쌓으면서 산 육체를 관리했던 영혼은 저승에서 낮은 위치에 들어가서 그 대가를 치러야 한다. 그러므로 영혼 스스로 자생하기에도 바쁘다. 때문에 이승에 남은 자손을 돌봐 줄 역량은 전혀 없다. 때문에 이승에 남은 자손들은 하는 일마다 막힘이 많을 것이다.

이것은 아주 중요한 내용이다. 이승과 저승, 저승과 이승은 한 판의 같은 승이다. 그리고 상호간에 순환하고 있다.

즉 이승에서 내가 올바르게 살아야 내 영혼이 내 육체를 떠나 저승으로 돌아갔을 때 좋고 바른 위치에 들어 갈 수 있으며 그러므로 해서 나의 영혼은 이승에 있는 나의 가족과 나의 후손을 위해서 끊임없이 도울 수 있고, 후손을 위해서 어떠한 형태로든지 긍정적인 영향력을 행사할 수 있다. 그럼 다시 가족과 후손들은 기도를 통하여 끊임없이 저승에 있는 나의 영혼을 도울 것이고, 그럼 나의 영혼은 다시 이승의 나의 후손을 위해서 끊임없이 긍정적인 영향력을 행사하게 된다. 이 법칙은 연속적이고 반복적으로 일어난다.

하지만 앞에서도 기술한 바와 같이 살아생전 육체는 육도윤회를 통하여 악업을 쌓을 수밖에 없는 조건이며, 살아생전에 얼마만큼 이 악업을 짓고 또 이 악업에 대해서 속죄를 했는가가 중요하다. 이 모든 것 때문에 이승에서의 위치와 저승에서의 위치는 확연하게 달라진다.

이승에서는 큰 부자였던 육체의 영혼도 이승에서의 삶의 결과에 따라서 저승에서는 최고의 아래 위치에 갈 수도 있고, 반대로 이승에서는 어려운 삶을 살았다 하더라도 선업을 많이 쌓은 육체의 영혼이라면 저승에 가서는 바로 높은 위치에 갈 수도 있다.

사람은 누구나 이승세계에 태어나서 살면서 예상치 않은 어려움 또는 고난으로 인해 아픔을 느끼면서 좌절을 경험하게 되기도 한다. 이때 사람은 어떤 방법을 통해서라도 이것을 극복하고 이겨내려고 노력한다.

이때 사람은 현실적인 많은 노력 이외의 다른 곳 즉 기도를 통해서도 극복하려고 한다. 하늘(천지신명)과 수많은 신장님들에게 기도를 한다.

그러나 이승에서의 사람들은 기도를 할 때 하늘(천지신명)에 자기 자신의 어려움과 고통을 없애 달라고, 각자의 소원이 이루어지게 해달라고 직접적인 기도를 한다. 하지만 직접적으로 자신의 소원을 이루게 해 달라는 이 기도방법보다는 이승과 저승이 같은 한판의 승이라는 것과 이승과 저승이 서로 맞물려 돌아가는 순환의 법칙을 깨닫고 알고 있다면 내가 누구를 위해서 기도를 해야 하는지 알게 될 것이다.

내가 하늘(천지신명)에게 조상을 위해서 지극정성으로 기도하면 나의 기도로 조상이 좋아지고 그러면 조상은 반드시 이승의 나를 보살펴 나를 좋게 만든다.

가끔씩 때로는 저승의 조상이 이승의 우리에게 직접적으로 당신이 바라는 것을 전달해 올 때도 있다. 조상이 무엇인가를 구하고저 할 때, 또는 불편함이 계실 때는 저승의 조상과 이승의 우리는 의사소통 방법이 없기 때문에 자손의 꿈속 또는 다른 특별한 현상으로 분명히 신호를 보내온다. 이런 신호를 주실 때 우리는 알아차려야 한다.

실제 우리는 조상과 사이클 파장만 맞출 수 있으면 만날 수도 있다. 하지만 사람은 아직까지는 유일하게 돌아가신 조상과 사이클 파장을 맞출 수 있는 시공간時空間은 수면 중, 꿈이라는 것을 통하여서 파장을 맞출 수밖에 없다. 그래서 꿈속에서는 돌아가신 조상을 만날 수 있는 것이다. 저승에 계시는 조상은 당신 자손인 나를 끊임없이 도우려고 하고 있다는 사실을 한순간도 잊지 마라.

이승에 살고 있는 부모들도 자식의 행복을 위해서라면 어떤 고통과 시련이 따라도 참고 견디며 자식들을 돕고 있듯이, 저승에 계시는 조상 역시 똑같이 생각하고 있다.

내가 생生한 자식이고 자손이기 때문에 자식과 자손들의 번영과 행복을 위해서라면 어떠한 형태로든지 긍정적인 영향력을 행사하려고 애를 쓰신다. 하지만 앞에서 기술했듯이 저승에 계시면서 이승의 나와 자손들을 보살필 능력이 없어서 마음만 같뿐 보살핌을 주지 못하고 있는 조상이 많을 뿐이다.

이승에서도 능력이 있는 부모는 당연히 자식에게 많은 보살핌을 줄 수 있으나, 먹고 살기 바쁜 부모는 마음만 갈 뿐 자식을 보살펴 줄 수가 없다. 이때 자식 된 마음에서는 첫째 부모를 탓할수도 있을 것이고, 아니면 둘째 부모를 도와서 우선 먼저 부모를 잘 살게 만들 수도 있다. 그럼 두 번째처럼 부모를 잘 살게 만들면 그 부모는 자식의 발전을 위해서라면 무엇이든 할 것이다. 첫째의 경우는 부모도 자식도 모두 힘든 환경으로 빠지게 될 것이고, 둘째의 경우에는 순환의 법칙에 따라서 바람직한 일이고 부모도 자식도 모두 좋은 환경으로 될 것이다.

그러므로 저승에 계시면서 이승의 후손을 보살펴 줄 능력이 없으신 조상을 위해서 내가 가장 먼저 할 수 있는 것이 바로 하늘(천지신명)에게 저승에 계신 조상을 위한 '기도'를 하는 것이다.

이 기도를 지극정성으로 하면 지성이면감천이라고 하늘(천지신명)이 감동하여 나의 기도로 조상이 좋아질 것이며 그러면 조상은 반드시 이승의 나를 보살펴 줄 것이다. 이것이 순환의 법칙이고 이것은 이승과 저승이 한판의 같은 승이라서 서로 맞물려 돌아가는 우주의 이치이고 순리이다.

내가 먼저 조상을 위하여 지극정성으로 기도를 해라. 조건 없는 사랑을 저승으로 돌아가신 조상에게 먼저 베풀어라.

이승과 저승의 구조는 똑같다. 우리가 아무런 말을 하지 않고 아무런 행동도 하지 않는다고 해도 우리의 마음은 하늘(천지신명)이 늘 보고 있다. 항상 올바른 마음을 갖고, 저승에 계시는 조상을 위해서 하늘(천지신명)에게 지극정성으로 기도를 해라.

그럼 하늘(천지신명)은 그 마음을 다 보고 듣고 있으며 나의 조상에게 어떠한 형태로든지 긍정적인 영향력을 행사하려고 애를 쓰신다.

나의 기도로 조상이 편하게 된다. 그 조상은 반드시 나에게 그 공을 돌려 줄 것이다. 하지만 이 대가를 바라고 행하여서는 안 된다. 조건 없는 사랑을 베풀어야 한다.

우리는 이승을 살아가면서 한순간도 이 세상에 뿌리 없는 나무는 없다는 사실과 줄기와 열매는 반드시 뿌리의 영향을 받고 있다는 것을 명심하면서 살아야 한다.

'조상이 편해야 내가 편하다'는 것을 명심하라.

내 탓으로 말하라

세상을 살아가다 보면 누구든지 언제라도 고통과 부딪칠 수 있다. 이럴 때 대부분의 사람들은 저 사람 때문에 이렇다 하면서 남을 원망하는 마음을 갖는다. 이렇게 모든 것을 남의 탓으로 돌리는 한 잘못은 개선되지 않고 계속해서 고통이 있을 수밖에 없다.

지금 나에게 일어나는 불행은 예전에 내가 뿌려놓은 씨앗이 자라서 열매를 맺는 것이다. 사람은 무슨 일이 일어나면 무조건 남 탓부터 하고 본다. 또는 내 탓으로 인정하기 싫어서 자신에 대해서는 변명으로 포장하기 일쑤다. 하지만 누구도 나를 불행하게 만든 사람은 없으며 결코 남이 나를 불행하게 한 것이 아니다.

남을 탓하기 전에 나 자신의 문제점이 없었는지 돌아보는 마음이 필요하다.

주불취인인자취酒不醉人人自醉라고 하였다. 술은 사람을 취하게 하지 않았다. 사람이 술을 마시고 스스로 취한 것이지! 그러고도 사람들은 무슨 일이 생기면 그놈의 술이 나를 이렇게 만들었다고 술을 핑계로 삼고 원망한다. 또 술이 원수이니 한번만 용서를 하라고 한다. 결코 술을 탓해서는 안 된다. 그 술을 마신 그 사람의 잘못으로 그런 일이 일어난 것이다.

나에게 닥친 어려움이나 불행에 대해 책임을 남에게 돌리지 말라. 모든 잘못은 내 탓으로 돌려라. 나의 책임임을 인정하여라.

물론 나 스스로 책임을 진다는 것은 모든 것에 내 잘못을 인정해야 하므로 결코 쉬운 일이 아니다. 하지만 남의 탓으로 돌린다고 하여서 내 자신에게 직면한 슬픔과 고통과 시련이 없어지는 것은 아니다.

남의 탓을 하면서 계속 괴로워하고 고통스럽게만 생각한다면 스스로는 아까운 시간만 버리는 것이다. 한걸음의 전진도 없이 그 자리에서 벗어나지를 못하고 있는 것이다.

결코 남이 나를 불행하게 한 것이 아니라는 것을 분명하게 인식해야 한다. 내가 힘들고 어렵다 해서 남을 욕하거나 탓을 하여서는 안 된다. 스스로의 마음을 다스리는 자가 삶을 다스리고 사회를 다스릴 수 있고 세상을 다스릴 수 있는 사람인 것이다.

내 잘못도 내 탓이고, 당신 잘못도 내 탓이며, 세상 잘못도 내 탓으로 돌려라. 내 잘못이요, 내 탓이요 라고 말할 줄 아는 사람만이 발전할 수 있다. 실패의 원인을 찾는 동안 내 스스로의 잘못된 점도 발견하게 될 것이고 그로 인해 먼저 반성할 수 있는 기회가 생긴다.

항상 무슨 일에서든지 반성하는 자세로 임하면 똑같은 실수는 거듭해서 하지는 않을 것이다.

그리고 나는 잘못된 원인을 찾아서 없앨 수 있다. 그럼 다음에는 절대로 잘못된 결과를 초래하지 않고 좋은 결과를 만들어 내게 될 것이다.

똑똑한 척하지 마라

우리 주변에는 "내가 최고야"라고 외치는 사람들이 너무나 많다. 그러나 저 혼자 최고라고 외쳐대는 것이지 남들이 그렇게 인정해주는 것은 아니다. 오히려 비웃음을 사기가 십상이다.

똑똑한 사람들끼리 만나면 어떻게 되겠는가? 다툼이 끊이질 않을 것이다. 나만 잘나고 내가 최고라고 부르짖는 사람은 동료들로부터 외면당하고 사회로부터 따돌림을 당할 것이다.

내가 적을 만들고 싶으면 내가 최고라고 부르짖고 다니면 된다. 내가 친구를 많이 만들고 싶으면 친구를 나보다 더 뛰어나게 해주라. 나를 낮추면 친구가 더 뛰어나 보이게 된다.

사람은 누구든지 상대방보다 못하다고 생각되면 열등감을 갖고 반항심과 공격심을 일으키게 된다. 내가 똑똑하다고 외쳐대면 상대방이 나에게 반항심과 공격심 을 일으키게 된다. 그리고 똑똑한 척 행동하면 나를 도와줄 수 있는 사람들로부터 고립된다. 혼자서도 충분히 잘 해낼 수 있는 것처럼 보이면 사람들은 나를 도와줄 필요가 없다고 생각하게 된다.

잘난 사람이 많이 사는 이 세상을 슬기롭게 살아가는 방법으로 나를 조금 낮추는 것이 최고이다. 내가 잘 나고 싶어도 내가 한 걸음만 양보하면 된다. 무엇에 어떠한 일에 있어서든지 내가 먼저 양보할 줄 알아라. 그럼 누구와도 부딪칠 일도 없고 거꾸로 타인에게 환영 받으면서 살 수 있다.

최고의 승리는 져주는 것이다. 옛말도 있지 않은가.

"지는 것이 이기는 것이다"라고 했다. 명심하라.

왕비가 되고 싶으면
남편을 왕으로 만들어라

남편이 성공하는가 여부는 아내에게 달려 있다 해도 과언過言이 아닐 것이다. 동서고금을 살펴볼 때 성공한 남편 뒤에는 반드시 양처良妻가 있다는 것이 정설이다. 이름을 남기거나 출세한 사람 중에는 아내의 도움과 조언을 받은 사람이 많다. 남자의 성공 뒤에는 조용히 자신을 희생하고 그 공은 남자에게 돌린 여자의 희생이 많다.

남자는 여자의 공경恭敬을 받고 싶어 하는 본능을 갖고 있다. 그렇기 때문에 남자는 여자의 말 한 마디에 생각과 행동이 달라진다.

아내는 남편에게 무조건 "그래 당신은 참 훌륭한 남자입니다. 당신은 무엇이든지 할 수 있습니다. 당신은 그것을 해 낼 수 있습니다. 당신은 충분히 할 능력이 있습니다. 당신의 능력은 탁월합니다.

당신이 최고야. 더욱더 분발 하세요." 하는 용기를 갖게 하는 말 만 하면서 살아라. 그럼 아내에게 이런 긍정적인 말만 들은 남편은 이 세상에 못할 일 하나 없는 강력한 에너지 힘을 가지게 된다. 남편 은 자기 능력보다 수백 퍼센트의 능력을 발휘하게 될 것이다.

하지만 반대로 "당신이 해 놓은 게 뭐가 있어? 언제까지 이럴 거 야? 도대체 할 줄 아는 게 뭐야?" 이런 부정적인 말을 듣게 되면 남편은 자신이 갖고 있던 자신감과 야망마저 송두리째 뽑혀지고 나아가서는 가정을 파괴하는 원인이 되기도 할 것이다.

남자에게는 항상 자신이 훌륭한 남자임을 일깨워주는 여자가 필요하다. 만약 아내 자신이 성공한 여자가 되고 싶어 한다면 남 편을 통하여 그렇게 하라.

남편에게 반드시 긍정적이고 진취적이고 용기를 갖게 하는 말 만 하라. 그럼 남편은 성공한 사람의 아내 자리에 당신을 모시기 위해서 최선을 다할 것이다.

남편에게 힘을 실어 주는데 돈이 필요한가? 또 남을 위해서 하 는가? 내 가족과 나 자신을 위한 일이니 주저하지 말고 오늘 당장 부터 실행하라.

아내여! 당신만 생각을 바꾸면 남편이 달라질 것이다.

웃으면 복이 온다

"우리는 행복하기 때문에 웃는 것이 아니고 웃기 때문에 행복하다."

웃음은 신이 인간에게만 내린 축복이다. 소문만복래笑門萬福來라고 하였다. 웃는 집에 복이 들어온다는 뜻으로 이는 집안에는 웃음이 있어야 한다는 의미이며 가족의 소중함과 건강한 웃음의 의미를 강조하는 말이다.

우리 조상들의 해학의 미가 잘 묻어나 있는 단어로서 소문만복래는 지금 사회에서도 중요시해야 할 덕목이라 여겨진다.

밝은 미소와 밝은 웃음은 행복의 영양소다. 사람에게 있어서 웃음이란 대단히 유쾌한 것으로 인간관계에 윤활유 역할을 해준다. 그리고 행복을 표현하는 방법이며 우리를 행복하게 해준다.

웃음에는 하나의 원칙이 있다. 사람은 자신이 상대방보다 우월감을 느꼈을 때 웃게 된다는 것이다. 나 같으면 저런 어리석은 짓은 하지 않을 텐데 하는 우월감이 웃음을 낳게 한다는 것이다.

웃음이 유쾌한 것은 긴장에서 해방시켜 주기 때문이고 그리고 우리 마음에 여유를 주기 때문이다. 반대로 말하자면 긴장된 심리상태나 여유가 없는 사람에게는 웃음이란 있을 수 없다는 말이다.

사람은 살면서 스트레스를 많이 경험하고 받게 된다. 그것을 해소할 수 있는 적절한 감정표현이 없다면 아마도 세상은 더없이 삭막할 것이다.

웃음으로 감정을 표현하는 동물은 인간밖에 없다. 그래서 철학자 아리스토텔레스는 '인간을 웃는 동물'이라고 하였다.

웃음은 상호간에 대화와 마음의 통로를 열어주며 웃음은 분노를 몰아내고 공격성을 없게 한다. 그리고 웃음은 의학적 가치가 있어 병을 고치는 치료제로 이용하고도 있으며 웃음은 심장을 튼튼하게 한다.

놀람, 초조, 불안, 짜증 등은 교감신경을 예민하게 만들어 심장을 상하게 하지만 웃음은 부교감신경을 자극해 심장을 천천히 뛰게 하며 몸 상태를 편안하게 해 준다. 이것이 웃음으로 인하여 심장병이 적게 생기는 이유이며 웃음은 스트레스와 분노 그리고 긴장을 완화해 심장마비 같은 돌연사도 예방해 준다. 또 웃음이 인체의 면역력을 높여 감기와 같은 감염질환은 물론 암과 성인병을 예방해 준다는 것이다.

또 현대 사회에서 '웃음'은 성공의 경쟁력이다. 유머감각이 뛰어나다는 것은 개인의 삶을 윤택하게 할 뿐 아니라 조직과 집단에도 생기를 불어 넣고 나아가 조직의 발전을 가져오게 한다. 때문에 유머감각이 뛰어난 사람은 조직에서도 살아남을 수가 있다.

타인에게 웃음을 주는 사람은 자신은 물론이고 타인도 행복하게 해 주는 사람이다. 웃음은 생활 속의 꽃이며 우리 인생의 보배이며 행복의 열쇠이다. 이 웃음은 우리의 마음속에서 스스로 피어나는 꽃이기에 이 세상 어떤 꽃보다도 아름다운 꽃이며 또 마음속에 피는 행복의 꽃이다.

사람이 한 번 웃을 때의 운동 효과는 에어로빅 5분의 운동량과 같다고 한다. 웃을 때는 배꼽을 잡고 크게 웃는 게 좋으며 웃는 사람은 실제적으로 웃지 않는 사람보다 더 오래 산다.

우리는 행복하기 때문에 웃는 것이 아니고 웃기 때문에 행복하다고 한다. 웃을 수 있는 여유가 있는 사람이 행복한 사람이다.

많이 웃을수록 우리에게 복이 온다.

지금 내가
생각하고 있는 것이
나의 미래이다

"인명재천人命在天."

운명은 하늘이 관장하는 것이고,

"부귀재천富貴在天."

사람의 빈부 역시 하늘이 관장하고,

"천불생무록지인天不生無祿之人."

사람들 모두 각자의 복을 타고 나지 않은 사람은 한 사람도 없

으며,

"각자무치角者無齒."

세상에 두 개의 복을 한꺼번에 같이 가진 사람도 없고,

"우보익생반허공중생수기득이익雨寶益生滿虛空衆生隨器得利益."

하늘에서 금은보화의 비를 내려 주더라도 사람은 각자가 들고
있는 그릇의 크기만큼만 받게 되고,

"백년탐물일조진삼일수심천재보百年貪物一朝塵三日修心千載宝."

백 년 동안 탐한 재물은 하루아침의 먼지로 사라질 수 있지만
단 삼 일만 닦은 마음이라도 천 년 동안의 보배가 되고,

"인과응보因果應報."

내가 행한 대로 받는다는 것을 잊지 말고,

"극성지패極盛之敗."

정상에 오르면 반드시 내리막길로 향한다는 것을 명심하고,

"소문만복래笑門萬福來."

웃는 사람한테 만복이 들어오고 우월감과 만족은 웃음을 만들고 열등감과 욕심은 화를 만들고,

"일체유심조一切唯心造."
이 모든 것은 사람의 마음이 만든다.

사람은 생각(마음)하고 - 그 생각은 말이 되고 - 그 말은 행동으로 옮겨지고 – 그 행동의 반복은 습관이 되며 - 그 습관은 그 사람의 인격(사고)을 만듭니다.

이 모든 단어들이 우리에게 주는 교훈은 무엇일까요?

무엇을 하면서 어떻게 살아야 할까요?

사람이 사람답게 아름다운 인생을 위하여 행복한 인생을 위하여 어떻게 살아야 할까요?

이제 여러분이 알게 되었을 것이라 생각합니다.

여러분의 뇌가 관리하는 여러분 자신 속에서 여러분의 자아를 찾아보십시오. 각자 자신에게도 주어진 복이 있고 이 세상에 두 개의 복을 동시에 갖고 있는 사람은 없습니다. 이것을 알게 되면

당신에게 긍정적 삶이라는 사고를 만들어 줄 것입니다.

또 항상 무엇에 있어서든지 내가 하나만 양보하고 하나만 손해 본다는 마음을 가지세요. 이것은 당신에게 비움이라는 뜻을 알려 줄 것입니다. 이것은 당신을 최고의 인격자로 만들어 줄 것입니다. 그리고 누구에게나 조건 없는 사랑을 베푸세요.

우리가 인생(세상)을 살아가는 데는 아래의 세 문장만 필요할 뿐입니다.

사랑합니다.

미안합니다.

감사합니다.

이 순간 이 세상의 그 무엇 하나도 감사하지 않은 것이 없습니다. 이제부터 여러분은 수천억 원의 재물을 가지게 되는 첫 걸음을 시작하는 것이며 고통과 무지에서 벗어나서 부유하고 행복한 삶을 살게 될 것입니다.

끝까지 읽어 주서서 감사합니다.

법은 우 영 헌 拜上